강 수 걸 선생님께.

2012. 3. 조명숙

댄싱 맘

댄싱 맘

Dancing Mom

조명숙 소설

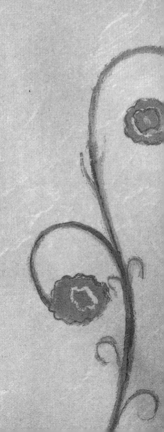

산지니

차례

어깨의 발견 • 007

거꾸로 가는 버스 • 037

댄싱 맘 • 069

바람꽃 • 099

나쁜 취미 • 125

까마득 • 157

비비 • 199

해설 • 229

작가의 말 • 252

어깨의 발견

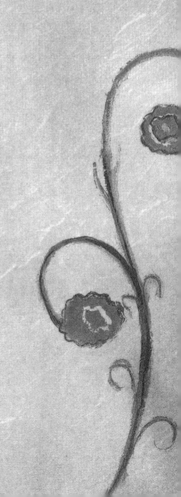

꼭꼭 숨어라

제발 더 꼭꼭

아무리 숨어도 보이는 네 어깨

—파울라 모더존 베커(Paula M. Becker)의 그림 〈자작나무 숲에서
고양이를 안고 있는 소녀〉에 붙여

1.

그때 영주의 어깨는 참 자주 빠졌다.

케리의 문자가 도착한 순간, 문득 그 일이 생각났다. 이제 막
두 주일을 넘긴 일이 맘에 들지 않은 탓일까? 전단지를 나눠주
는 일은 쉽지 않았다. 낯선 사람들이 짓는 낯선 표정을 무시하
면서 무조건 전단지를 내밀다 보면 어깨가 빠질 듯이 아팠다.

"중간고사 방금 끝났어. 우리 집에 놀러 와."

그래. 가야지. 케리의 집은 케리가 다니는 대학에서 멀지 않은 곳에 있었다. 중학교 때부터 혼자 살았다는 케리는 고등학교 때는 학교에서 가까운 원룸에서 지냈고, 대학생이 되자 대학에서 가까운 오피스텔로 옮겼다. 케리가 다니는 대학은 우리가 사는 도시에서 새로운 유흥가로 떠오른 구역이었고, 주변에는 그럴듯한 먹거리가 꽤 많았다.

놀러 오라는 케리의 말에 나는 제일 먼저 그 동네에서만 먹을 수 있는 해물그라탕을 떠올렸다. 새우와 조개, 오징어 같은 해물에 부추와 청양고추를 넣은 부침개 위에 치즈 몇 조각을 얹은 방식에도 그라탕이란 이름을 붙일 수 있다면 말이다. 아무튼 그것은 그라탕이었고, 그라탕이어야 했다. 대학생들이 우글거리는 가운데서 고작 몇천 원으로 무엇을 먹는 것만으로도 어느 정도 호사스런 기분이 들게 하는 일품요리.

하지만 케리가 불러주지 않는 한, 해물그라탕을 먹으러 일부러 그 동네에 간 적은 없었다. 그곳은 대학생들이 활동하는 구역이었고 나는 대학생이 아니었으니까. 대학생이 되고서도 자주 만날 수 있을 만큼 돈독하다고 믿었던 우정이란 것의 유통기한은 그리 길지 않았다. 알바와 비정규직으로 근근이 살아낸 몇 달 동안 완벽하게 터득한 게 있다면 바로 그것이었다. 대학에 들어간 사람과 들어가지 못한 사람의 차이.

만약, 우리라 묶어 불렀던 나와 케리, 지수와 효주의 관계가 이렇게 달라질 거란 걸 알았더라면, 케리가 수능시험을 칠 때 응원을 간다든가, 꼭 합격하길 바란다는 여러 가지 이벤트 같은 건 하지도 않았을 것이다. 하지만 그때는 모르는 게 많았다. 케리가 합격한 대학은 순위에도 들지 않는 시시한 대학이었고, 선택한 과 역시 절실한 무엇을 위해서라기보다는 합격 자체만을 목표로 하고 있었기에 대학생과 비대학생의 차이가 그렇게 큰 줄 몰랐다.

술을 마셔도 되는 나이가 된 것에 흥분하면서 우리는 케리에게 대학 생활에 대한 여러 가지를 듣고 싶어 했고, 그것으로 채워지지 않는 마음 한구석을 채우려고 했다. 그러나 케리는 대학생들과의 약속을 앞세웠고, 길거리에서 만난 이웃처럼 우리를 남겨두고 가버린 적도 있었다. 케리 없이 우리끼리 없는 시간을 짜내서 만나야 할 필요를 느끼지 못한 채로 시간은 슬슬 흘러갔다.

나는 지수에게 전화를 걸어 케리의 부름에 응할지 말지를 의논했다. 지수도 약간 망설이는 것 같았으나 곧, 무슨 일이 있는 모양이라는 결론을 내렸다.

"가보자."

효주도 마찬가지 대답이었다.

"오랜만에 콜라나 실컷 먹지 뭐."

콜라광인 효주는 콜라만 있다면 어떤 모임도 문제 될 게 없었다. 이제 막 시작한 서빙 알바가 시원찮아 마침 딱 때려치우려던 참이기도 했다니까.

우리가 도착했을 때 케리는 몇 가지 먹을 걸 준비해놓고 있었다. 어제 저녁에 샀다는 치즈케익과 콜라, 그리고 캔맥주 세 개와 햄버거 네 개, 피자 한 판.

허겁지겁은 아니지만 좀 서두르는 기색으로 우리는 그것들을 먹었다. 늦은 일곱 시. 지수는 햄버거 반 개와 맥주 한 캔에 나가떨어졌고 효주는 콜라와 피자를 계속 먹다가 어느 순간부터는 콜라만을 집중해서 먹었다. 나는 저녁을 먹지 않은 데다 점심도 제대로 챙기지 못한 상태라서 햄버거와 피자 한 쪽을 먹어치웠다.

"트림 안 나니?"

지수가 걱정과 호기심을 섞어 물었을 때에야 효주는 깜빡 잊었다는 듯 커다랗게 트림을 했고 우리는 비로소 웃음을 터뜨렸다. 효주의 트림 덕분에 어색함과 서먹함이 사라져버렸다. 포만감이 어느 정도 안정감을 불러온 때문일까. 우리는 케리의 집에서 모일 때면 언제나 그랬던 것처럼 제각각 자리를 잡았다.

효주는 부피가 큰 몸을 생각해서 침대에 걸터앉았고 지수와 나는 케리가 꽤 오랫동안 가지고 다닌 빨간색 등받이 의자에 앉았다. 케리는 주인답게 느긋한 태도로 책상 앞의 팔걸이의자를 끌어왔다. 그렇게 자리를 잡고 나자 아주 약간은 옛날로 돌아간 기분이 들었다.

케리가 얘기를 꺼낸 건 지수가 쓰레기 정리를 거의 끝낼 무렵이었다.

"영주를 만났어, 어제."

케리의 말에 우리는 모두 갑자기 입을 꾹 다물었다. 그동안 케리와 부쩍 멀어져 있었던 것보다 더 아득하게 잊고 있었던 영주였다. 케리에게서 이 말을 들으려고 갑자기 영주 생각이 났던 걸까? 나는 이상한 기분이 들어서 어쩔 줄 모르겠다는 표정을 짓고 있는 지수와 효주를 쳐다보았다. 뜬금없다는 듯, 그렇지만 놀랍다는 듯 지수가 허리춤에 손을 갖다 댔을 때 케리가 힘주어 말했다.

"틀림없이 영주였어."

그러면서 케리는 오른쪽 검지를 세웠다. 양보하고 싶지 않은 의견을 말할 때 케리가 취하는 행동이었다. 케리는 곧 검지를 내리고 우리 모두와 한 번씩 눈을 맞췄다. 케리와 눈을 마주친 우리는 모두 입을 다물었다.

케리의 눈은 크고 검었으며 드라큘라의 눈처럼 약간은 푸른색이 감돌고 있었다. 왕조 시대 말기 프랑스에서 건너온 선교사의 피가 흐르고 있어 그렇다면서 케리는 그 푸른색에 대단한 자부심을 가지고 있었다. 그 자부심을 토대로 상대방뿐만 아니라 자신에 대해서도 결코 허튼짓을 하지 않는 깔끔한 성격.

하여, 케리와 눈이 마주친 나는 지수와 나, 효주가 가지고 있는 대학에 들어가지 못한 의기소침함 같은 건 케리에겐 아무 문제도 아닐지 모른다는 생각이 들었다.

"영주였어? 정말?"

지수가 벨트의 버클을 열었다 닫으면서 케리에게 물었다. 지수가 버클을 열었다 닫는 순간 전원 스위치를 켠 것처럼 내 머릿속이 환해졌다. 새하얗다 못해 파르스름한 빛을 갑자기 쐰 듯했다. 명치에서 작은 벌레가 꼼지락거리는 것을 느끼며 나는 눈을 깜빡거렸다.

"자세히 말해봐."

효주가 엉덩이로 침대를 쿨렁거리며 기침이라도 하듯 물었고, 나와 지수도 어서 그러라는 듯 고개를 끄떡였다.

어제 저녁, 스위스 제과점에서 치즈가 듬뿍 들어간 케이크 한 조각을 사서 집으로 돌아가던 중이었고 휘파람을 불고 있었다고 했다. 늦은 열한 시 무렵이었고, 휘파람을 불며 걷고 있는데 바퀴 굴러가는 소리가 들렸다고 케리는 말했다.

"자전거였어. 아주 튼튼하고 커다란 짐자전거 말야. 뒷바퀴에 웨건이 매달려 있었어. 웨건에는 플라스틱 상자가 얹혀 있었고 상자의 뚜껑은 닫혀 있었지."

우리는 케리에게 집중했다.

"자전거의 속도는 그렇게 빠르지 않았어. 날 앞지르긴 했지만, 아무튼 조금 걸음을 빨리하면 따라잡을 수 있을 정도였지. 하지만 난 그러지 않았어. 집에 가서 치즈케이크를 냉장고에 넣고, 샤워하고 음악 듣는 것 말고는 딱히 할 일도 없었거든."

핵심에 도달하기 전에 한참이나 상황을 설명하길 좋아하는 케리의 말버릇. 지수가 빠른 속도로 버클 소리를 내기 시작했다. 효주는 숨을 몰아쉬었고 나는 터져 나오는 기침을 삼키느라 두 손으로 가슴을 눌렀다. 우리의 고약한 버릇이 작동을 시작한 것이었다.

나는 두 손으로 명치 부위를 눌렀다. 케리의 말이 장황해지면 지수는 어떤 한 가지 행동을 반복하고, 효주는 숨을 몰아쉬고 나는 기침을 터뜨리곤 했다. 한 지점에 멈춰서 우물을 파듯 아주 깊이 감춰둔 상처들이 제각각의 모습으로 터져 나오는 순간이었다. 케리는 열심히 말하고, 효주는 숨을 몰아쉬고, 지수는 반복 행동을 하고 내가 기침을 터뜨리면, 말과 숨과 반복행동과 기침은 제각각 뒤엉켜서 뭐가 뭔지 분간할 수 없는 지경에 이르곤 했다. 어느 순간에 보면 효주가 열심히 지껄이는 곁에서 케리가 숨을 몰아쉬고, 지수가 기침을 하고 내가 양말을 벗었다 신었다 하고 있었다. 그렇게 전이된 행동들을 알아차리게 되면 우리는 눈물 대신에 제각각 허공을 향해 깔깔 웃음을 터뜨렸다.

말하지 않아도 다 아는 상처들, 그것은 공통적인 근원을 가지고 있었다. 대학에 갈 수 있도록 최선을 다해 뒷바라지해주는 사람, 대학에 가서 하고 싶은 일을 할 수 있고 되고 싶은 사람이 될 수 있게 적극 지지해주는 사람이 아무도 없다는 것. 텅 비고 자주 아프던 가슴과 때때로 몸을 괴롭히는 몇 가지 증상들을 우리는 충분히 이해하고 있었다.

하지만 그날 하필이면 지수의 버클이 금속이었다. 금속성의 소리는 철공소와 아빠를 떠올리게 했다. 쇠 자르는 기계가 돌아가는 가운데 등이 굽은 아빠가 엎드려 있고, 어디에 쓰이는지 모르는 여러 종류의 볼트와 너트들은 더미로 쌓여 있었다. 퀴퀴하고 시큼한 냄새가 나던 그곳의 안쪽엔 지붕이 낮고 컴컴한 방이 있었다. 아빠가 만들어주던 단순하고도 어설픈 음식의 냄새가 잔뜩 고인 방. 엎드린 채 혼자 숙제를 하다 잠들었던 방의 냄새가 명치 아래 차곡차곡 쌓여 있다가 기침으로 터져 나왔다.

한바탕 바튼 기침을 터뜨리고서 나는 잔뜩 곤두선 눈길로 지수의 버클과 버클을 쉴 새 없이 열고 닫는 손을 바라보았다. 나이가 아주 많은 아버지가 있는 지수는 어린아이처럼 해맑은 얼굴을 하고 있었지만 너무 야위어서 애처로운 몸피를 하고 있었다. 살이 찌지 않는다는 점에서 효주의 부러움을 사기는 했지만 스스로는 마른 것에 대해 엄청 스트레스를 받고 있었다.

어째서 엄마가 그렇게 나이 많은 사람과 결혼했는지를 알아내려고 골몰하느라 먹는 걸 자주 잊었다던 지수는 모든 노력이 실패로 끝나고, 결국 아무것도 알아내지 못한 채로 아버지가 죽은 후에도 여전히 굶는 습관을 버리지 못하고 있었다. 중학생이 되기 전에 자신이 만든 순대를 좌판에 내놓아야 했던 효주와 마찬가지로 살이 찌지 않는다는 건 지수에게 일찌감치 하나의 재능이 되었다. 고등학생이 되던 그날 우리는 서로의 재능을 알아보았다.

입학식이 끝나고 교실에 들어가자 담임은 대충 짝을 골라 앉으라고 했다. 같은 중학교에 다녔거나 같은 학원을 다닌 아이들은 별로 힘들이지 않고 짝을 이루었다. 친구도 없는 데다 학원에 다닌 적도 없었던 나와 효주는 한 걸음 비껴서 있다가 눈길 한 번 마주치고는 짝이 되었다. 단정한 차림에 말끔한 교복, 푸른 기운이 도는 커다란 눈을 가진 케리가 우두커니 혼자 앉아 있는 지수 곁에 갔다.

조심스럽게 발을 들여놓은 고등학교, 낯설고 두려운 또 하나의 세계에서 우리는 그렇게 만났다. 인문계에 들어왔으니 어떻게든 대학 문이 열리겠지 하는 희망은 가슴 깊이 숨겼고, 대학이란 데 들어가기만 한다면 잠 같은 거 안 자고 알바에 알바를 뛸 각오도 돼 있었다. 그러나 우리의 희망은 아주 빠르게 절망으로 바뀌어갔다. 이미 그때 반복행동을 가지고 있던 지수가 제일 먼저 포기를 선언했다. 효주가 두 번째로 포기했고, 마지막이 나였다. 대학이라는 목표를 포기하고 나자 많은 것이 눈에 들어왔다. 영주가 우리 눈에 띄기 시작한 것도 아마 그때쯤이었을 것이다.

그래, 그때를 생각하면 효주의 콜라나 지수의 반복행동 같은 건 아무것도 아냐. 나는 가냘픈 몸으로 온종일 엘리베이터를 타고 오르내릴 지수를 생각했다. 여섯 시간 동안 오르락내리락 하다가 일이 끝나면 허공을 걷는 듯 몸이 둥둥 떠오른다던 지수는 낮은 층은 죽음, 높은 층은 삶이라는 세상 원리를 터득했다고 했다. 낮은 곳에 도달했을 때의 절망은 상승과 함께 사라져버려. 높은 곳에서 내려다보면 너절한 내 조건 같은 거 싹 무시해버리자는 결심이 서기도 해. 그래도 괜찮다는 생각이 들거든. 그런데 곧 다시 하강인 거 있지. 지수 말이었다.

하강과 상승의 반복을 지수는 혼란스러워했다. 그래서 지수의 반복행동은 더욱 강화되고 있는 것일까. 지수가 버클이나 지퍼, 도트 단추나 똑딱이 단추, 덧신이나 스타킹, 헐거운 반지나 찰랑거리는 팔찌 같은 것들을 항상 착용하고 있는 게 그 깊은 반복행동과도 무관하지 않다는 걸 나도 알고 있었다. 하지만 금속성의 소리는 내게 예리한 비수와 같다는 걸 조금만, 아주 조금만 생각해주면 좋겠는데….

케리는 계속 이야기하고 있었지만 나는 불안했다. 불안은 점점 우울로 바뀔 것이고, 그 우울의 끝에는 엄마가 생각날 것이다. 엄마가 생각나면 또 아빠의 억울할 만큼 비굴한 모습이 떠오를 것이다. 아아, 지수야, 제발 그만해. 나는 지수의 버클을 노려보았지만 지수는 케리에게 집중하고 있었다. 나는 이를 악물고 눈을 부릅뜬 채 케리의 말에 귀 기울이려 애썼다.

"그 패딩점퍼라는 게 말야, 노란색이었는데, 상점에서 새어나오는 불빛으로 봐도 아주 싸구려 티가 나는 거 있지. 때도 많이 묻었고 말야. 뭔가 아주 오래 살아낸 몸피의 느낌 같은 거? 마흔이나 쉰쯤? 아님 그보다 더 많은 나이가 느껴지는, 뭐 그런 거 있잖니…."

나는 한숨을 내쉬며 효주를 쳐다보았다. 지루한 케리의 묘사가 조금이라도 빨리 끝나야 지수의 버클 여닫는 반복행동이 멈출 텐데. 효주는 내 절박한 사정을 아는지 모르는지 케리의 침대에 벌렁 드러누웠다. 나는 절망감으로 침대 귀퉁이에 발을 올렸다.

5분이 더 지났을 때에야 케리의 이야기는 드디어 막을 내렸다. 요약하자면, 케리를 앞질러간 짐자전거는 케리의 오피스텔 입구 쓰레기통 앞에서 멈췄다. 낡은 패딩점퍼를 입은 사람은 천천히 쓰레기통 앞에 버려져 있는 뭔가를 집어 웨건에 실린 상자에 담았다. 그 뭔가를 집을 때 그 사람은 아무 도구도 사용하지 않았으며 장갑을 끼고 있지도 않았다. 쥐를 낳았어, 쥐를! 계모가 장화와 홍련에게 누명을 씌우는 장면을 이야기하듯이 케리가 한껏 톤을 낮췄다.

"그게 뭐였냐 하면 죽은 고양이였어. 아침에 나갈 때 쓰레기통 앞에 죽은 고양이가 버려져 있는 걸 봤거든. 누가 거기 버렸는지, 아님 고양이가 거기서 죽었는지 모르지만 아무튼 거기에 고양이 사체가 있었어. 그걸 그 사람이 아주 정중하게, 진짜 정중이었다니까, 엄숙이라고 해도 좋아. 맨손으로 상자에 담았다니까. 그리고 다시 자전거에 올랐는데 한쪽 팔이 흔들렸어. 마침 바람이 불긴 했지. 하지만 사람의 팔이라는 게 바람이 분다고 해서 나뭇가지처럼 흔들리진 않잖아."

케리는 힘을 완전 뺀 상태에서 자기 왼쪽 팔을 흔들었다. 케리의 팔이 부러진 나뭇가지처럼 덜렁거렸다. 저 모습, 진짜 영주 같아, 하고 생각하는지 아무도 말이 없었다. 케리의 목소리

20

도 확고했다.

"어깨가 빠진 거지. 어깨가 빠졌을 때, 팔이 어떻게 덜렁거리는지 알지? 물론 나도 알지. 어? 어? 하는 사이에 영주가 떠올랐지. 어떻게 된 거야? 설마? 여러 의문이 내 머릿속에서 꿈틀거렸는데… 그 사이에 그 사람은 한쪽 다리로 자전거를 고정시키더라고."

나는 효주를 보았고, 효주는 지수를 보았으며, 케리는 효주를 보았고, 지수는 나를 보았다. 내가 지수를 보았을 때 효주는 케리를 보았으며, 케리가 지수를 보았을 때 지수는 효주를 보았다. 우리의 눈길은 제각각 어긋나면서 어떤 지점을 찾아 허둥거렸다.

"그래서?"

버클에서 손을 뗀 지수가 참을 수 없다는 듯 말했다.

"뭐가 그래서야? 그 사람 팔이, 이렇게, 이렇게 덜렁거렸다고."

케리가 다시 톤을 높였고 이번에는 효주가 말했다.

"그래서 그 사람이 영주라는 거야? 세상에 어깨 잘 빠지는 사람이 영주뿐이겠어?"

동조하고 싶은 심정에서 내가 거들려고 할 때 케리가 다시 검지를 세웠다.

"자전거가 지나가고 난 뒤 내가 제일 먼저 생각했던 것도 바로 그거라고. 저 사람은 영주가 아냐, 그리고 잠시 나뭇가지처럼 흔들렸던 건 의수 같은 걸 거야 하고 말이지. 하지만 그 사람은 영주였어. 빠진 어깨를 끼울 때 영주처럼 했거든. 이렇게."

눈을 허옇게 까뒤집은 케리가 고개를 외로 꼬았다. 나는 케리를 쳐다보았고 효주는 그럴 리 없다는 투로 머리를 흔들었다. 지수가 숨이 막힌다는 듯 벨트를 풀어서 탁자 위에 놓았다. 케리가 재현한 장면은 우리가 오랫동안 잊고 있었던 영주의 모습이었다.

대학을 포기하고 학교생활에 흥미를 잃고 있던 우리에게 영주는 신개념 장난감처럼 발견되었다. 영주는 짝도 없이 덩그러니 맨 뒷자리에 혼자 앉아 있었다. 아이들도 선생님도 아무도 쳐다보지 않는 사물 같았다. 영주는 소심하고 겁 많으며, 장래에 대한 불안과 현실에 대한 열패감이 뒤섞여 형성된 분노와 적개심으로 범벅되어 있던 우리의 표적이 되었다.

영주는 우리가 하고 싶었으나 하지 못했던 일들을 기꺼이 해냈다. 학습받은 도덕률과 윤리의식 때문에 할 수 없었던 일들도 해치웠다. 떠돌아다니는 개의 꼬리를 잡아당기라든지, 술 취한 남자가 토해놓은 이물질 위에 가래침을 뱉고 오라든지 하는 따위의 우스꽝스러운 장난 외에도 도둑질, 앵벌이 같은 일들도 서

22

습지 않고 시켰다.

불유쾌한 세상을 통해 우리가 얻을 수 있는 짜릿함은 고작 그런 것들이었다. 그때 영주가 살던 시설이란 곳에서 귀가시간을 엄격하게 통제하고 있다는 걸 알면서도 새벽까지 앵벌이를 시킨 적도 있었다. 키가 작고 등이 구부정한데다 살까지 오른 영주는 교복을 벗고 조금만 흐트러놓아도 영락없는 앵벌이였다. 영주는 어릴 때 해본 적이 있는 일일 뿐 아니라 학교에 오지 않았다면 아직도 그 일을 하고 있을 거라 태연하게 그 일을 해냈다. 장님인 아버지와 정신지체인 어머니에게서 태어나 보육원을 이리저리 떠돌아다니다 보면 그런 일쯤은 아주 잘하게 되는 모양이라면서 우리는 낄낄댔다.

"내 그래서는 그런 뜻이 아냐. 내 그래서는 말이지, 그러니까 그 사람이 그렇게 하는 걸 봤고, 영주일 거야 하고 생각했다면 그 다음 어떻게 했냐고? 응?"

지수가 버럭 소리를 내질렀고 케리는 자기가 무슨 일을 저질렀는지 겨우 알았다는 듯 울상을 지었다. 지수는 울상을 짓고 있는 케리에게 다가가서 어깨를 짚으며 덧붙였다.

"그렇다고 울 것까진 없잖아. 넌 당황했던 거고 그 사람이 자전거를 타고 사라진 쪽을 한참 바라봤겠지. 영주일 거야, 아닐 거야 갈등하면서 말이지. 어젯밤엔 잠도 제대로 못 잤을 거고,

응?"

한숨을 내쉬며 케리는 머리를 끄덕였다. 슬픔에 빠진 홍련을 달래는 장화처럼 지수가 톡톡 케리의 어깨를 두드렸다.

"이해해. 이해하고말고. 하지만 넌 정말 잘못했어. 적어도 그 사람이 영주일 거라는 생각이 들었다면 말은 걸어봤어야지. 알겠니? 눈앞에서 그렇게 보내면 안 되지. 우리에게 영주가 어떤 애였는지 잊었니?"

정말 그렇다는 듯, 하지만 어쩔 수 없었다는 듯, 대책 없이 머리를 다시 끄덕이는 케리에게 효주가 한숨을 날렸다.

2.

이튿날부터 우리는 대대적으로 영주 찾기에 돌입했다. 얼결에 놓쳐버리긴 했지만 케리가 본 게 영주가 맞다면, 영주를 찾아야만 했다.

케리와 나는 영주를 만났던 곳에서부터 시작해 주변을 탐문하는 임무를 맡았다. 먼저 영주가 나타난 곳을 기점으로 사방에 있는 고물상을 찾아보기로 했다. 폐지나 빈 병 같은 걸 수집하는 곳이 고물상이라면 그걸 수집하는 사람들은 고물상에 드나

들기 마련일 거라면서, 고물상을 중심으로 수소문하는 일은 가장 기본이고 원칙에 충실한 시작이라는 의견을 누가 냈더라?

"아무래도 쓰레기통이었으니까 말이지."

두 군데의 고물상을 방문하고 나서 케리는 영주일 듯한 사람을 본 지점이 쓰레기통 옆이라는 점을 강조하면서 어느 정도 확신을 가지고 말했다. 나는 거기에 대해 이의를 제기했다.

"폐지나 빈 병이 아니라 고양이였다면서?"

고양이, 라는 말에 케리는 부르르 어깨를 떨었다. 고양이 사체를 맨손으로 상자에 담던 모습이 다시 떠오르는 모양이었다. 나 역시 직접 목격했다면 그랬을 것이지만, 간접적으로 케리에게 들었을 뿐이어서 충격의 강도는 약간 덜했다.

"고양이라는 녀석들, 살아 있을 땐 온갖 귀찮은 짓을 저지르지만 죽으면 그냥, 쓰레기니까."

케리는 곧 아무렇지도 않은 듯 능청을 떨었다. 주검이라면 모기나 파리, 바퀴벌레까지도 기겁을 하던 케리였다. 살아 있을 땐 아무렇지도 않지만 일단 죽은 것이라면 케리에게 모든 생물체는 공포의 대상이었다. 작은 벌레나 지렁이 같은 것에 대해서도 그랬는데 고양이라니, 오죽 놀랐을까? 몸체의 크기에 따라 공포와 측은함 같은 것도 비례한다면 고양이 사체를 보았을 때 케리의 심정이 어땠을지 짐작이 갔다. 그런데도 저

능청이라니. 대학생이 되고 나서 주검에 대한 공포를 극복한 걸까? 설마, 그렇게 쉬운 거라면 왜 우리는 안 되는 거지? 대학생이 아니라서? 갑자기 절망감이 몰려왔고 어깨에서 힘이 쑥 빠져나갔다.

나는 케리의 있는지 없는지 모르는 부모님에 대해 생각해봤다. 주검에 대해 케리가 가지는 공포는 혹 부모님과 관계가 있는 건 아닐까? 만약 부모님이 끔찍한 사고로 돌아가셨다면? 그래서 혼자 남겨진 거고, 주검을 공포로 받아들이게 된 거라면? 가끔 물어보고 싶기는 했지만 물어본 적이 없는 문제였다. 우리에게 케리는 완전 안개였다.

그러나 그 안개가 좋았다. 푸른빛이 도는 눈동자와 함께 안개 같은 베일을 쓴 신비로움 뒤편에 어떤 장면이 감춰져 있든. 돈이 모이면 순대 장사를 시작할 거고, 순대 장사가 잘되면 순댓국밥집을 낼 거고, 순댓국밥집이 잘되면 프렌차이즈 사업으로 왕창 돈을 벌겠다는 효주와 달리 구체적인 장래 계획을 가지고 있지 않은 케리. 우연히 감독이나 PD에게 발탁될 기회가 올지도 모른다는 지수의 가능성이 낮은 희망과, 칠전팔기를 하더라도 공무원시험에 붙기만 하면 역시나 공무원인 남자와 결혼하겠다는 보잘것없는 내 장래 계획에 대해 흥, 흥, 그것도 좋겠지 하고 건성이던 케리.

난 그런 케리가 좋았다. 좋은 만큼 자주 질투도 느꼈다. 그래서 어쩌란 거야? 질투든 뭐든 지금 우린 함께 있잖아. 부질없이 투덜대며 나는 케리의 팔짱을 꼈다. 그리고 고물상을 더 찾아보기 전에 주민자치센터를 방문해보자고 졸랐다. 선진 나라를 표방하는 정부가 시행하는 복지정책의 혜택을 받는 사람들 중에서 폐지나 빈 병을 수집하는 일을 하는 사람도 있을 테고, 주민자치센터 복지과에서 혹시 도움이 될 만한 정보를 얻을 수도 있을 것 같아서였다.

케리는 쉽게 승낙했다. 고물상을 수소문하고, 몇 시간씩 고물상에 죽치고 앉아서 올지 안 올지 모르는 영주를 기다리는 일 외에 우리가 할 수 있는 일은 그리 많지 않았으니까.

"이런 식으로 영주를 찾아야 하다니, 속상해."

케리가 골목에서 죽은 쥐를 발견했을 때처럼 약간 겁먹은 투로 말했다.

"주민자치센터에서 도움을 줘야 할 만큼 절박한 처지는 아닐 거야. 그래도 일말의 가능성을 배제할 순 없잖아. 그러니까…."

내가 미처 말을 잇기도 전에 케리가 재빨리 물었다.

"그러니까 뭐?"

"그러니까 영주는 그때 그런 곳에 보내졌을지도 모른다는 얘기지."

"그런 곳이라니?"

케리는 시치미를 떼고 있었다. 시설이라는 말을 꼭 내 입으로 하게 만들려는 케리가 원망스러워 나는 입을 꾹 다물었다. 우리는 소년원에 보내지기 전에 학교에서 충분히 영주의 상태를 설명했다. 그 해명이 어느 정도 받아들여졌다면 영주가 한 모든 행동을 범죄로 단정 짓지 않았을지도 모른다는 가정에 매달리고 싶었다. 단순하기로는 거의 꼭대기에 위치해 있던 영주였으니까. 그런 점이 정신지체로 인정됐다면 소년원이나 감옥보다는 시설 쪽에 가능성이 있었다.

"그럴 리 없어. 개념이 좀 없고 어깨가 자주 빠지기는 했지만 모자라는 데는 없었다고. 오히려 우리보다 항상 넘쳤다고."

케리는 내 말이 매우 못마땅한 듯 운동화를 바닥에 대고 툭툭 털었다. 툭툭, 케리는 몇 번 더 그렇게 했다.

"물론이지. 우리가 아는 영주는 그렇지. 그런 게 다른 사람들에게도 먹히겠느냐고? 그때 우리가 한 짓을 생각해봐도 그렇잖아?"

나는 케리처럼 바닥을 차면서 볼멘소리를 냈다. 세상 밖으로 영주를 서둘러 밀어내려고 한 많은 사람들을 우리는 알고 있었다. 그들은 영주가 세상을 살기에 부적합하며, 다른 사람의 말을 너무 깊이 신뢰하는 결점을 가진 데다 걸핏하면 어깨가 빠지는 불구자로밖에 여기지 않았다. 이런 애를 어떻게 인문계 고등학교에 보낼 수 있어? 부모가 누군지 참 한심하다 한심해. 영주에게 퍼부어지던 그 단호하고도 명료한 규정에 우리도 쉽게 따르지 않았던가. 이제 와서 배려하는 듯한 태도를 가진다고 해서, 다시 영주를 만난다고 해서, 뭐가 달라질까?

나는 혼란스러움을 털어보려고 케리를 앞질러 걸었다. 우리가 찾던 주민자치센터 간판이 저만치 보였다. 어깨만 잘 빠지는 게 아니라 나사도 잘 빠지는 애였고, 하나가 헐거워짐으로써 다른 모든 기능들까지 부실해 보였던 영주. 정확하게 셈을 할 줄 알았고 상식적인 수준의 이치를 알고 있었지만 상대방이 우기거나 윽박지르면 금세 수긍하면서 자기를 감춰버리던 영주. 몇 끼를 쫄쫄 굶고도 배고프다 말 한마디 못 하던 병신….

케리가 휘파람을 불기 시작했다. 케리의 휘파람 소리를 듣고 어디선가 영주가 불쑥 튀어나올 것만 같았다. 케리도 그것을 기대하고 있는 것일까? 케리와 나란히 걸으면서 나는 케리의 휘파람이 떠올리게 하는 영주에 대해 생각했다.

그때 영주의 어깨는 참 자주 빠졌다. 길을 가다가도 문득, 체조를 하다가도 문득. 어깨가 빠지면 영주는 재빨리 그것을 끼워 넣었다. 남들에게는 없는 자신만의 특징을 강조하려는 듯, 혹은 엄숙한 의식을 거행하기라도 하듯, 허옇게 눈을 까뒤집고 고개를 외로 꼬면서 말이다. 흰자위만 남은 눈으로 허공을 보면서 어깨를 고치는 그 광경은 몹시 불쾌하고 난처했다.

영주는 그 신체적 결점에 호기심을 보이는 우리에게 기꺼이 자신을 내맡겼다. 악의에 찬 관심조차 우정으로 이해하고 싶을 만큼 심각하게 외로웠던 걸까? 별거 아냐. 이렇게 끼우면 되는데 뭘. 그러면서 멀쩡한 어깨를 뽑았다가 다시 집어넣는 장면을 연출한 적도 있었다. 영주의 어깨가 빠지면 우리는 짐짓 모른 척하거나 아주 귀찮은 사람을 만났을 때처럼 인상을 찌푸리고는 어서 빨리 상황이 끝나기를 기다렸다. 어깨를 끼워 넣은 영주가 씨익 웃으며 자신을 어딘가 써먹어달라는 포즈로 우리 앞에 다시 설 때까지.

3.

탐색 반경을 좀 넓게 잡을 필요가 있다는 케리의 의견에 따라, 닷새에 걸친 기간 동안 우리는 세 곳의 주민자치센터와 세 곳의 고물상을 더 방문했지만 영주를 찾는 일은 실패로 끝났다. 허탈한 채로 우리는 다시 케리의 오피스텔에 모였다. 달그락 소리가 나지 않는 버클이 달린 벨트를 맨 지수가 밴드스타킹을 발목까지 돌돌 말아 내렸다 올렸다 하는 동안 효주는 자기들이 닷새 동안 한 일을 설명했다.

지수와 효주가 맨 처음 방문한 곳은 영주가 그때 부모님과 있던 시설이란 곳이었다. 영주를 따라 몇 번 가보기도 했던 그곳에서 영주의 장님 아버지와 정신지체 어머니를 만났지만 아무것도 알아낼 수 없었단다.

"그분들은 영주가 없어진 것도 모르고 있었어. 상황을 좀 더 구체적으로 설명하고 싶지만 난 케리가 아니라서."

어깨를 으쓱인 다음 효주는 곧 영주가 수감되었다는 소년원을 찾아간 일을 말했다. 상당한 용기와 결단성이 필요한 일이었다고 했다. 우리 중 가장 싸늘하고 난폭하게 영주를 대했던 자신이었으니 만큼, 죄책감을 조금이라도 덜고 싶은 심정이었음을 효주는 솔직히 시인했다. 지수는 효주의 솔직함에 고무된 덕분인지 스타킹 올렸다 내렸다 하기를 멈췄다. 소리가 나지 않는다는 점에서 지수의 그 반복행동은 얼마든지 계속해도 상관없다고 생각했지만, 반복행동을 언제 시작하고 언제 끝낼지에 대한 결정은 전적으로 지수의 몫이었다.

"그 사람은 영주가 아니었나 봐."

안정감을 되찾은 듯 지수가 잔뜩 실망에 찬 목소리로 말했다. 영주 찾는 일을 시작하고 이틀 뒤 엘리베이터걸에서 해고된 지수는 이제 무슨 일을 하게 될까? 스타킹을 올렸다 내렸다 하는 동안에는 어떤 일을 구해야 할지 심각하게 고민하는 것처럼 보이더니, 이제 일자리 같은 건 아무래도 좋다는 결론에 도달한 걸까?

"어깬 어쩌고? 영주였다니까. 확신할 수 있어."

효주가 침대를 엉덩이로 흔들며 다잡아 말하자, 케리가 맥주를 홀짝거리며 손가락으로 내 허벅지를 찔렀다. 그리고 캔이 빈 것을 확인하자 손으로 찌그러뜨렸다. 맞아 저 표정, 영주의 것이었어. 콧방울과 아랫입술이 위로 당겨지면서 눈썹이 몇 개의 주름과 함께 아래로 쏠리면 꼭 깡통이 찌그러진 것 같았지. 하지만 그건 영주가 웃는 표정이었어. 분명히 우리가 보았던 바로 그날, 그 표정.

수능시험 날 나와 케리, 지수와 효주는 시험을 치러 아침 일찍 이웃 학교로 갔다. 대학에 갈 확률보다 못 갈 확률이 훨씬 높은 상황이었지만, 수능시험은 학교생활을 마감하는 통과의례라고 생각했기 때문이었다. 도시락을 가방에 넣고, 떠들썩한 환영 인파들 틈을 헤치고 시험장에 도착한 우리는 조용히 시험을 치렀다. 휴대전화는 감독관에게 맡긴 상태였고, 우리 생의 가장 아름다운 한때를 통과하기 시작했다. 다른 아이들이 어느 대학에 갈 것인지를 두고 우왕좌왕하게 될 다음 날부터 우리는 당장 일자리를 찾아야 하겠지만.

그래서였을까. 우리는 아무도 영주 생각을 하지 않았다. 그동안 우리와 어울려 다니면서 저지른 갖가지 비행들은 우리의 간교한 술책에 의해 모두 영주의 독자적인 행동으로 간주되고 있었다. 그래도 학교 측은 적어도 졸업장만은 주자는 의논이 있었다 했다. 물론 수능응시원서 같은 걸 써보겠느냐는 말 같은 건 아무도 하지 않았다. 시험이 끝나고 저녁에 영주를 불러낼지 말지에 대해서 우리도 전혀 의논한 바가 없었다. 그날 하루만큼은 영주가 없는 가운데 우리끼리 어떤 결속을 다지려고 했던 것일까.

영주가 일을 저질렀다는 걸 안 것은 시험이 끝난 뒤 번화가로 달려가 허겁지겁 햄버거와 콜라와 피자를 한바탕 먹어댄 뒤였다. 케리를 시작으로 우리는 모두 휴대전화를 켰는데, 낯설고 똑같은 번호가 모두에게 여러 번 찍혀 있었다. 모두를 한꺼번에 찾고 있는 그 전화번호를 보자 우리는 불길한 예감에 휩싸였고, 곧 먹는 일을 중단했다. 가장 용감한 편에 속하는 케리가 수신된 번호를 눌렀다. 경찰서라고 했고, 이영주라는 이름이 튀어나왔다.

그날 영주는 우리가 모두 사라진 학교에 혼자 왔다. 수능시험을 치러 온 학생들로 우글거리는 학교에 도착한 영주는 어쩔 줄 모른 채 허둥거리다가, 그동안 우리가 수없이 가르쳐온 일 중의 하나를 혼자 실행했다. 시험이 시작되자 교문 밖에서 노심초사 기다리고 서 있는 학부형들을 상대로. 아마도 영주는 식은 죽 먹기라 생각했을 것이다. 교문을 향해 온 신경이 집중되어 있는 학부형들의 가방과 실수로 잠그지 않은 승용차 같은 것들을 겨냥한 영주의 도둑질은 무려 세 차례나 적발되었다. 세 번이라면 수능시험을 치는 자식을 위해 약간의 손실쯤은 참고 넘어가겠다는 학부형들의 의지력을 시험하는 수준이었다.

교복을 입은 채 경찰서로 끌려간 영주는 횡설수설하지 않고 말했다. 돈이 필요했고, 지갑이 있었다. 지갑에 돈이 많은 사람은 조금 나눠 써도 괜찮다, 언젠가 벌면 돌려주려고 했다. 자기에게 돈이 있었으면 배고픈 사람에게 좀 줬을 것이지만 불행하게도 반대의 입장이었다. 배가 고팠고 친구들은 아무리 찾아봐도 없었다. 그동안 많이 해봤기 때문에 그렇게 나쁜 짓인 줄 몰랐다….

수능시험이라는 통과의례를 통해 우리는 무엇을 얻고자 했던가. 그동안의 열패감을 씻고 다시 용기를 얻어보려고 했을까? 그래서 영주는 이제 그만 놓아버리려고 했을까? 그동안 우리가 어떤 짓을 저지르고 있었는지도 모르고? 영주는 상습절도죄로 기소되었다. 그날 우리는 현장에 없었다. 그래서 무죄라고 믿었다. 그러나 시간이 지날수록 영주는 무거운 돌이 되어 우리의 가슴을 눌렀다. 도대체 우리는 무슨 짓을 했던 것일까? 거기 대해서도 우리는 모두 입을 다물었다.

떠들썩하게 치러졌던 케리의 입학식에서도 우리는 영주라는 이름을 숨기기에 바빴다. 죄의식과 죄책감과 책임감 같은 것보다 당장 해결해야 할 일들이 많다는 것을 이유로. 그리고 이제야 영주의 이름을 다시 꺼내게 된 것이다.

올렸다 내렸다 하던 스타킹을 벗어서 손목에 돌돌 말고서 지수가 자꾸 한숨을 내쉬었다. 가느다란 몸에서 계속 터져 나오는 지수의 한숨이 리드미컬하게 들렸던지, 케리가 휘파람을 불기 시작했다. 나는 눈물이 나올 것만 같아서 등받이 의자에서 일어나 효주의 등 뒤에 가서 기댔다. 효주가 엉덩이로 침대를 구르면서 코맹맹이 소리로 말했다.

"죽은 고양이 치운 그 사람, 영주 맞을 거야. 영주 아니면 누가 케리를 위해 죽은 고양이를 치워줬겠어?"

우리는 모두 아무 말도 하지 않았다.

거꾸로 가는 버스

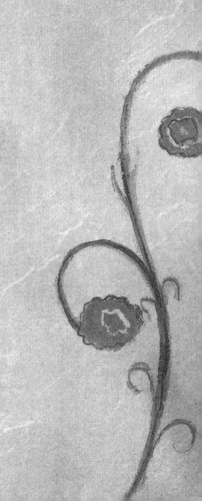

나는 너를 보고,
너는 나를 본다.

—프리다 칼로(Frida Kahlo)의 그림 〈버스〉에 붙여

1.

에이가 죽었다는 말에 나는 약간 놀랐다. 그러나 곧 침착하게 전화를 건 비글에게 되물었다.

"아직 살아 있었단 말야, 에이가?"

"물론이지, 어제까지만 해도."

마트에서 상품 가격을 확인하듯이 간단하게 비글은 말했다. 그런 다음 비글은 바코드리더를 통과하는 물품들처럼 정확하게 그간의 경위를 조목조목 설명하기 시작했다.

비글의 말은 점점 빨라졌고 중요한 사항을 빠뜨리지 않으려고 노력하고 있었지만, 나는 쇼핑을 끝내고 카트레이에 몸을 기대 에스컬레이트를 탄 것처럼 지루했다.

토요일이었고, 아침부터 내처 자던 중이었던 나는 영안실이 백병원 302호이며 발인이 모레라는 사실 외에 더 알고 싶은 것이 없었다. 그러나 비글의 올 건지 말 건지 결정하라는 재촉에 이르러서는 그래야 하지 않을까 하고 애매하게 대답해버리고 말았다.

비글의 전화를 끊은 다음에 나는 잠시 그대로 앉아 있었다.

에이가 죽었다고 해서 당장 해야 할 일이 무엇인지 알 수 없었다. 그래서 계속 자버렸다. 여전히 수다스러운 비글 때문도 아닌, 뭔가 울적하고 쓰라린 느낌이 잠의 한구석에서 스멀거렸다.

에이가 죽었다는 비글의 전화 대신에 "어떻게 지내?" 하고 에이가 물어왔다면 좋았을 거라고 나는 생각했다. 그렇지 않다고 해도 한 번쯤 나는 에이에게 말하고 싶었는지도 모른다. 아주 지겹고 고단해. 인도를 여행해본 사람 중에서 그런대로 문장이 되는 사람이 필요한 데도 있더라고.

내가 하는 일은 한문 불경을 우리말로 번역한 원고를 윤문하는 일이었다. 불교적인 용어의 쓰임새 또는 그 용어의 표면적 의미 뒤에 숨어 있는 또 다른 의미 같은 것을 절반도 이해할 수 없어서 몇 개의 문장을 붙들고 하루를 허비해야 하는 일이 비일비재했지만 어쨌든, 그 일은 밥벌이였다. 머릿속에서는 날마다 빠닥빠닥 은박지 구겨지는 소리가 나도 일을 그만둘 수 없었다. 매달 일정한 수입이 생긴다는 것은 한 푼도 없을 때와 달리 꽤 든든한 기분이니까 말이다.

오히려 나는 일을 더 잘하기 위해 나름대로 의지를 가지고 다음과 같은 문장을 사흘에 걸쳐 암기하기도 했다: "만약 화합하는 것과 화합하지 않는 모든 인연을 멀리 여의면 곧 여러 가지 나고 죽는 원인을 없앨 수 있어서 원만한 보리의 나고 죽지 아니하는 성품을 이루어 청정한 본래의 마음에 본래의 깨달음이 늘 머무르게 되리라."

하지만 결과는 늘 신통치 않았다. 아무리 읽어 봐도 그 문장은 세상에 태어났으면 태어나기 전의 생까지 다 책임지고 정리 정돈하란 의미로 읽혔다.

의식의 깊은 곳에 남아 있는 무의식의 기억까지 마음대로 할 수 있을 만큼의 경지란 내게는 해독 불가능한 한자와 마찬가지였다. 하여 나는 오래된 성자의 가르침에 분개했고, 또 내 비분강개를 토로할 어떤 방법도 알지 못한다는 것이 슬펐다.

하필 내 사정이 이럴 때 죽을 게 뭐람. 잠을 자는 내내 나는 그렇게 투덜대고 있었는지도 모른다. 죽는 사람은 절대 남은 사람의 정황을 살필 필요가 없다는 점에서 이기적인 데가 있었다.

저녁이 되어서야 나는 침대에서 기어나왔다. 누군가에게 투덜대고 싶은 기분은 여전히 풀리지 않았으나 빈소에는 가봐야 했다. 비글과의 약속 때문이 아니라, 어쨌든 에이가 죽었다니까.

나는 잔뜩 게으름을 피우며 욕실로 갔다.

"괜찮아, 괜찮아. 이런 날도 있는 거지."

느릿느릿 양치질을 하고 있을 때 누군가 등을 툭 치며 속삭이는 소리가 들렸다. 에이의 목소리였다.

"어? 넌 죽었다고 했는데?"

무심결에도 비글의 전화가 떠올라서 세면대 앞의 거울을 들여다봤다. 등 뒤에서 에이가 속삭인 것 같았는데, 거울 속에는 부스스한 머리에 움푹 들어간 눈을 한 여자가 허연 치약 거품을 물고 있을 뿐이었다.

몇 번이나 이런 일이 있었더라? 함께 일어나서 내가 양치질을 하고 있으면 에이가 등 뒤에서 껴안아주거나 활짝 웃곤 하던 것이. 까마득하지만 그런 때가 있었다. 잠깐 동안이었지만 에이가 나의 것이라 생각한 적도 있었다. 감정이란 게 단순하지 않고 고착되지 않는다는 게 다행인가?

양치질을 마치고 나는 에이에 대해 잠깐 생각해보았다. 그러니까 벌써 오 년이 되었다. 에이를 만나지 않은 것이.

2.

저녁을 먹는 대신에 나는 바에 가기로 했다. 잠시 동안이라도 에이에 대해 진지하게 생각해보는 것이 죽은 사람에 대한 예의일 것 같았다.

소매가 긴 푸른색 원피스를 꺼내 입고 같은 색깔의 스타킹을 신은 다음 스카프를 목에 둘렀다.

구월의 늦은 밤이었다. 버스를 타고 가면서 나는 에이와 몇 번 잤는지, 그 몇 번이 왜 결국엔 아무런 느낌도 없이 사라져버렸는지 생각해봤다.

뚜렷한 이유도 그에 따른 회한도 떠오르지 않는 것으로 봐서 오래전에 그 기억들을 지워버린 것이 분명했다. 다행이지 뭐야. 기억 같은 것이 남아 있다면 얼마나 거추장스럽겠어.

버스는 가다 서다 하며 천천히 에이와 자주 드나들었던 바로 향하고 있었지만 나는 에이로부터 조금씩 멀어지는 느낌이 들었다. 에이를 생각하기 위해 바에 가고 있었지만 에이를 보다 확실히 떨쳐버리기 위해 가고 있는 것만 같았다. 바에 도착해서

맥주와 함께 카나페를 먹으면서 나는 에이가 아니라 에이의 첫 번째 신부에 대해 생각하고 있었으니까 말이다.

결혼식을 앞두고 그녀와 함께 술을 먹은 적이 있었는데, 몹시 활달했던 에이의 첫 번째 신부는 에이가 자기에게 얼마나 많은 영감(靈感)을 주는지에 대해 열심히 말했다.

그녀의 말에 의하면 에이는 그 자체로 영감 덩어리라고 했다. 에이에게 반했다는 사람이 한둘이 아니었으므로 우리는 그리 놀라지 않았다. 결혼이란 문제는 좀 더 신중해야 하는 것 아닐까 생각했지만 스물 중반을 통과한 우리는 관습적이고 제도적인 형식이란 것을 어느 정도 비현실적으로 인식했기에 무관심했다고 말하는 것이 옳겠다. 이 사람을 삼켜버리고 싶어요. 그러려면 결혼해야죠.

제각각의 감각을 가지고 있기는 했지만 우리의 촉수는 에이에 깊이 뿌리를 내리고 있는 상태였고, 우리는 에이와 함께 에이의 신부에게 삼켜지고 싶었는지도 몰랐다. 에이와 우리는 그 결혼을 통해 주체할 수 없는 것들로 가득 찬 몸을 누군가의 입에 쑤셔 넣고 와작와작 씹혀서 분해되고 싶은 젊음을 끝장내는 한 가지 방법을 찾아냈다고 안심했는지도 몰랐다.

에이의 첫 번째 신부가 떠들썩한 설치미술전을 열었을 때에야 우리는 어느 정도 정신이 들었다.

에이의 첫 번째 신부는 에이를 마치 흐물흐물한 푸딩처럼 다루고 있었다. 숟가락을 대기만 하면 가볍게 퍼먹을 수 있는 푸딩처럼, 그녀는 에이의 머릿속에 든 것을 폭폭 퍼먹고 있다는 것이 그 전시회에 다녀온 우리들의 한결같은 의견이었다.

결혼하고 여섯 달이 채 지나지 않아서 선보인 그녀의 첫 번째 전시회였다. 고작 여섯 달 만에 그녀의 이름을 걸고 설치된 모든 전시품에서 우리는 에이를 느꼈다.

특히 우리로 하여금 똑같은 생각을 하게 한 작품은 클립을 이어 붙여 만든 커다란 엉덩이었다. 에이의 첫 번째 신부는 그 완벽한 볼륨을 가진 엉덩이가 자기 것이라고 으스댔지만 그 엉덩이를 만들기 위해 수만 개의 클립을 이은 것은 에이라는 사실을 알았을 때 우리의 생각은 확고해졌다.

에이는 손톱 두 개가 빠져 있었고 다섯 개의 손가락에는 곪았다 아문 흔적이 여러 군데 있었으며 시력은 대단히 나빠져 있었다. 난 클립 끼우는 일만 했어. 에이는 그렇게 말했지만 삼미는 고개를 흔들었다. 아무래도 이상해. 저 여자 스케치북을 본 적이 있거든. 몰래. 제대로 선이 안 나오더라고. 그런데 저 엉덩이 선을 좀 봐. 거의 완벽한 완급을 가지고 있잖아. 클립을 이어서 저 완급을 조절할 실력이 못 된다는 거지. 삼미는 입술을 일그러뜨리며 몇 번이나 나를 구석으로 끌어당겼지만 나는 못 들은 체했다.

전시회가 끝나고 두 달이 채 지나기도 전에 에이의 첫 번째 신부가 마흔 살 먹은 화가와 프랑스로 떠나버렸다는 소식을 들었을 때도 역시 나는 못들은 체했다.

기억이란 것은 사진처럼 한 컷으로 구성되어 있지 않아서 예상하지 않았던 장면까지도 덩달아 떠올리게 했다. 에이와 에이의 첫 번째 신부가 신혼여행을 떠날 때, 누군가 턱시도를 입은 에이를 번쩍 안아서 운전석 뒤에 앉혀 주었을 때, 신부가 에이의 휠체어를 발로 툭 차고는 소리 높여 웃었던 것도 생각났다. 그때 휠체어 싣는 일을 도와주던 여자와 그 바로 얼마 전까지 에이의 신부가 같이 살았다는 말을 분투가 귓속말로 했던 것도.

그렇게 첫 번째 신부가 떠난 뒤부터 에이는 달라졌다. 휠체어를 타야 하는 신세가 되었음에도 불구하고 여전히 호기를 부렸던 것처럼, 나는 그리고 우리는 깨진 결혼 따위는 아무렇지도 않게 쓰레기통에 처넣어버리고서 에이가 돌아오기를 기다렸다.

에이는 돌아오지 않았다. 결혼 기간 동안 우리로 하여금 자기가 사는 집에 한 발짝도 들여놓지 못하게 하던 냉정함을 그대로 유지한 채로. 그러다 언제부턴가 비글이 에이의 소식을 전하기 시작했다. 망가진 몸으로 여전히 허풍이나 떨면서 살 수는 없잖

46

아. 그것이 비글의 말인지, 에이의 말인지는 우리는 확인하고
싶지 않았다.

내가 비글의 전화를 받고도 내처 자버린 것도 에이가 이혼하
고 난 뒤부터의 일이 비질비질 기어 나오는 것을 원치 않았기
때문이었다.

비글이 에이에게 돈을 보내자는 제안을 했을 때, 우리는 누군
가에게 의무적으로 돈을 보낸다는 것이, 비록 그것이 자발적인
것이라 하더라도, 관계를 악화시키는 지름길이란 걸 알고 있었
다. 그러나 아무도 거절하지 않았고, 당연히 그래야 한다는 듯
이 여러 종류의 악조건에 시달리면서도 그일을 했다. 그리고
비글이 가끔 전해주는 소식을 귓등으로 흘려듣는 훈련을 시작
했다.

돈을 보내고 있으니까 우리는 에이를 위해 뭔가를 하고 있다
고 생각했고, 에이와 연결된 끈이 끊어질 리 없다고 믿었다. 그
러나 비글은 에이의 영광을 되돌려놓기 위해서 모두 노력해야
한다고 말했다. 에이의 영광. 한때 우리 가슴을 뛰게 했으나 어
쩐지 씁쓰레한 침이 고였다.

그즈음 우리는 억지로 대학문에서 밀려나거나 간신히 졸업장
을 손에 쥐고서 자기 자신을 돌보는 데도 힘겨워하고 있었기에,
에이가 더 이상 귀찮게 하지 않았으면 좋겠다는 생각을 하고 있

었다. 비글에게 은근히 고마워하면서 말이다.

우리는 비글이 무슨 일을 하는지 몰랐으나, 대학과 고등학교 동창회, 독지가로부터 여러 가지 명분으로 격려금을 받고, 여성지 기자가 전속으로 딸려 있다는 소식을 들었다.

우리는 비글의 헌신이 순수하지 않다는 어렴풋한 의심을 품게 되었지만 대놓고 말하지는 않았다. 우리 중에서 가장 그럴싸한 직업을 가진 비글이 승진도 하고 좋은 보직을 얻은 것은 헌신적이고 봉사정신이 투철한 사람으로 비치게 해준 에이 덕분이었을 것이라고.

3.

영안실에 도착했을 때의 시각은 늦은 열 시였다.

택시 내린 곳에서 영안실까지는 삼 분가량 걸어야 했고, 그것이 어느 정도 마음의 준비를 하게 했다.

나는 우리들이 살아낸 그간의 시간들을 빠른 속도로 되새겨보았다.

시간과 공간을 한꺼번에 축약할 수 있는 생각이란 것은 그런 점에서 몹시 편리해서 검은 띠를 두른 에이의 사진 앞에서 향을 피울 때 내 생각은 에이가 사고를 당하던 날까지 거슬러 올라가 있었다.

사고 소식을 듣고 응급실에 달려갔을 때 에이는 피투성이였지만 정신만은 말짱했다. 방학이었는데, 에이는 아파트 신축 공사장에서 막일을 하고 있었다 했다.

정오가 조금 지났지. 사물은 평소보다 훨씬 선명했어. 햇빛이 다이아몬드처럼 날카롭게 공기를 가르고 있어서 사물들은 색의 파장을 충분히 반사하고 있었지. 나는 점심을 먹으러 함바로 가던 중이었지. 갑자기 사방에서 날을 세우고 일제히 달려오는 빛과 사물들이 느껴지더라고. 더위 때문이었는지, 순간적인 착시였는지 모르지만 말야. 눈을 질끈 감고 함바까지 걸어가기로 했어. 눈을 감은 채 오백 미터를 걷는다는 것은, 공설운동장 같은 곳이라면 모를까 대부분의 장소에서는 불가능하다는 것을 에이는 무시했던 것이다.

에이니까 그럴 수 있는 일이었다. 돌부리와 공사장의 자재 더미에 걸려 넘어지더라도 오백 미터는 걸으려고 했지. 마지막 이십 미터를 남겨두고 있었는데, 아쉽게 됐어.

공사장의 깊은 구덩이에 빠진 에이는 거의 산산조각이 났다. 하하, 다 부서져 버렸어. 에이는 피를 흘리며 웃었고, 다 말한 뒤에야 뭔가 대단한 일을 해치웠다는 듯이 의식을 잃었다.

빈소에 도착해서 보니 사진 속에서 에이는 아주 침착하고도 발랄한 표정을 짓고 있었다. 사고가 나기 전의 모습이었다.

사고 후 에이는 목이 아주 짧아졌고, 그에 따라 얼굴은 일그러졌으며, 웃을 수 없게 근육이 마비되어버렸다. 또렷한 이목구비는 균형이 깨졌고, 말라비틀어진 데다 움직임이 둔해진 사지 역시 제멋대로 너덜거렸다.

탐스럽고 윤기 흐르던 머리카락만이 좀 오래 남아 있었으나 첫 번째 신부가 짧게 깎아버린 후로 아예 머리를 기르지 않고 있었다.

두 번 절을 하고 나자 병풍 뒤에서 사람이 하나 나왔다. 분투였다.

"어, 왔네? 안 오나 했지."

나는 눈매와 입매가 아니라면 알아보지 못할 정도로 살이 찐 분투를 살피느라 잠시 엉거주춤해야 했다.

분투는 터질 듯이 부풀어 오른 가슴을 절반이나 드러나게 하는 원피스를 입고 있었는데, 호리호리하고 수줍음이 많던 모습은 어디에도 남아 있지 않았다.

"다들 왔어?"

나는 슬쩍 분투를 외면하면서 물었다. 분투는 병풍 뒤쪽 상주용 객실을 턱짓으로 가리키며 몇십 년을 한꺼번에 살아버린 사람처럼 푹 퍼진 목소리로 말했다.

"자고 있어. 낮부터 마셔댔거든."

"어떻게 된 거야? 아프단 얘긴 못 들었는데."

"나도 몰라. 아무튼 죽었다니까."

에이가 어떻게 죽었건 별로 관심 없다는 듯한 분투의 말에 나는 조금도 놀라지 않았다. 나 역시 에이에게 죽음이 어떤 식으로 찾아갔는지 조금도 궁금하지 않았던 것이다.

에이는 어떻게 죽었을까? 고통을 이기지 못한 자살일까, 자연사일까?

당연히 그런 식으로 오가야 할 말이 나오지 않자 무섭고 쓸쓸한 침묵이 찾아왔다. 무관심과 체념, 슬픔과 그리움이 부풀어 올라서 만들어낸 침묵이 어색해질 즈음에야 나는 비글에 대해 물었다.

"몰라. 아까 고등학교 동창들이라면서 한 스무 명쯤 왔었는데, 한참 떠들더니 같이 나갔나 보네."

분투는 잘못 삼킨 물을 뱉어내듯이 들어와서 좀 쉬라며 객실로 이끌었다.

객실에는 유와 을지와 삼미가 벽에 기댄 채 잠들어 있었다.

"난 가봐야 해."

분투가 선 채로 말했다.

"발인 때는 못 올 거야."

오랜만에 만났다가 금방 헤어지는 인사치고는 너무나 평범하고 단조로웠다.

에이가 쓴 것이라면 낱낱이 외우던 분투였고, 그 갈피와 행간에서 발생하는 새로운 의미를 찾아내는 것이 자기 일이 될 것이라 호언하던 분투였다. 에이가 쓴 것들에 의미를 부여하는 작업을 하겠다고 맹세하길 좋아하던 분투가 에이의 죽음에 따른 의식이 따분하다는 투라니.

나와 분투, 그리고 유와 삼미, 을지는 그사이 걸어서는 도달할 수 없을 만큼 멀어져 있었다. 분투에게 닿자면, 그리고 잠들어 있는 을지와 유와 삼미에게 그때처럼 다가가자면 버스를 타고 한참 가야 할 것 같았다.

나는 오는 길에 탔던 버스를 떠올렸다. 에어컨도 히터도 필요하지 않을 만큼 적당히 서늘하고 적당히 온기가 느껴지는 구월의 밤.

버스는 마치 시간을 거슬러 가는 기계처럼 느릿느릿했다. 정류장에 멈추어도 내리거나 타는 사람이 없었다. 난폭하게 옆으로 기울거나 급정거를 하지도 않던 버스였다.

몇 사람이 지치고 지루한 표정으로 앉아 있는 버스를 운전하는 기사도 어쩌면 행선지조차 모른 채 막연히 밤의 도시 어딘가로 가고 있는 것 같았다.

그 버스 속에서 나는 무슨 생각을 했던가. 내가 처음 인도로 떠날 무렵 유는 교회에 들어가 아프리카 선교 봉사대를 따라갔다. 삼미는 고시 공부를 시작했다. 분투는 시골로 내려갔다. 을지는 극단에 들어갔다.

유는 일 년 뒤 귀국했는데 봉사대에 있을 때 용돈으로 나오는 얼마 안 되는 돈을 에이에게 부쳐버렸으므로 만화방에서 숙식을 해결하는 신세가 됐다. 유는 만화가게 주인이 되었다.

삼미는 계속해서 고시에 떨어지다가 지리산 어디 작은 암자에서 머리를 자르고 수도를 시작했는데 도를 얻었는지 버렸는지에 대해서는 입을 열지 않았다.

여섯 달쯤 농사를 거들다가 다시 부산으로 온 분투는 경제적인 면에서 본다면 어느 정도 성공했다고 할 수 있었다.

허공에 혼자 떠 있는 기분이 싫어서 결혼한다는 청첩장을 보내왔던 분투는 결혼식이 끝나자 곧 자동차 외판을 시작했다. 의외로 차를 잘 팔았지만 남편 몰래 에이에게 송금할 돈을 마련하느라 담배와 술을 끊었다.

을지는 극단에서 먹고 자고 하면서 이 년을 지냈다. 내가 두 번째 인도에 갔을 때 뭄바이의 싸구려 술집에서 마주친 을지는 다시는 극단에 돌아가지 않을 작정이라더니, 어찌된 영문인지 다시 돌아와서는 풍물패의 꼭두쇠가 되어 있었다.

내가 간격을 두고 인도를 들락거리면서 그럭저럭 나이를 먹어가는 동안 우리는 서른셋이 되었다.

분투는 신문대금을 받으러 온 사람처럼 가버렸다.

나는 유와 삼미, 그리고 을지의 모습을 바라보았다. 하나같이 피곤에 지쳐 보였다. 나는 가만히 쓰다듬듯이 한때 우리였다가 이제 그들이 되어버린 얼굴들을 살펴보았다.

유는 격식을 차리고 싶었는지 양복에 조끼까지 받쳐 입고 있었으나 그 양복이 너무 구식이라서 마른 몸을 더 말라 보이게 했으며, 끈이 달린 나비넥타이가 성대만 불거진 목에 아무렇게나 매달려 있었고, 낡아빠진 중절모로 이마를 슬쩍 가리고 있었다.

삼미는 이슬람 여인의 차도르처럼 넓고 긴 숄로 머리부터 발끝까지를 감싸고 있었다. 겹으로 접혀진 턱살과 우람해진 배를 다갈색의 숄이 간신히 덮고 있었다.

한때 갸름하고 해맑은 얼굴이었던 삼미는 또 숄의 한 귀퉁이를 커다랗게 뭉친 보퉁이에 내주고 있었는데, 값나가는 것이 들어 있지 않으리라는 것을 누구나 알 수 있을 만큼 허름한 보퉁이였다.

승복을 입고 머리를 파랗게 깎은 모습을 기대했던 나는 어느 정도 삼미에게 실망했다.

을지는 멜빵 스타일의 청바지 차림이었다. 풍물을 친다더니 웬 청바지에, 또 어울리지 않게 넥타이일까. 팔다리가 무척 긴 을지는 풍물보다는 학춤이나 양반춤이 더 어울릴 것 같은데 말이다.

어쨌든 을지의 청바지는 질겨 보였고, 질감 때문인지 거칠고 난폭한 남자로 보였다. 수백 가지 꽃의 이름을 알고 있고 새소리를 듣기 위해 몇 시간씩 나무 아래 앉아 있기도 하던 섬세하고 다감한 을지의 모습을 투박한 멜빵바지가 가리고 있었다.

을지가 뒤척이며 커다랗게 코를 끌기 시작했다. 나는 눈을 감았다.

에이의 두 번째 결혼식에 우리는 아무도 가지 않았다. 비글도 우리가 참석하지 않기를 바라는 눈치였다. 결혼이랄 것도 없어. 간병인 구한 거지. 비글은 그렇게 혼자 에이의 두 번째 결혼을 추진했다.

에이의 두 번째 신부는 98퍼센트였다. 그때 우리는 띄엄띄엄 연락을 주고받으면서 스스로 어디 한 구석이 모자라는 99퍼센트짜리로 자책하곤 했는데, 에이의 두 번째 신부는 한심하기 짝이 없는 우리보다 1퍼센트는 더 모자라 보였던 것이다.

비글이 전해준 바에 따르면 에이의 두 번째 신부는 그동안 비글이 에이를 위해 여러 가지 방식으로 모금해둔 돈의 상당 부분을 탕진했다.

수다스러운 비글이었고, 에이의 통장을 제멋대로 관리한다는 말을 얼핏 들은 데다, 임기응변에 능숙한 비글이었으므로, 그중 20%만 믿는다 하더라도 에이의 상태는 좋지 않아 보였다.

에이보다 세 살이 많았다는 에이의 두 번째 신부는 이른 나이에 결혼했다 이혼하고 중학생 아들까지 있었는데, 무엇을 하고 싶은 마음이 일어나면 그것을 절대 가라앉히지 못하는, 일종의 충동강박증을 가지고 있었다.

그녀는 마음에 드는 물건을 가지기 위해서 돈을 꾸거나 집안에 있는 것을 내다 파는 것에 대해 일말의 가책도 느끼지 않았고, 에이의 말을 들어주기보다 제 말에 에이가 굴복해주기를 요구했다고 한다. 그로 인해 비글은 여러 번 그녀를 달래야 했으며, 에이에게 고약한 성질을 죽여줄 것을 부탁하기까지 해야 했다는 것이다.

에이의 두 번째 결혼은 첫 번째 결혼보다 훨씬 비루하게 끝났다.

결혼은 이제 그만, 진짜 간병만 해줄 사람을 구해야겠어. 어느 날 비글은 전화를 걸어서 그렇게 말하더니 대학생 알바를 구했다고 전해왔다.

먹여주고 재워주고 용돈도 주는 대신 강의가 없는 동안은 무조건 에이에게 붙어 있어야 한다는 조건을 걸고 에이의 거처를 그 학생이 다니는 대학 가까운 곳으로 옮기는 수고까지 마다하지 않았다.

그 무렵에 우리는 에이의 모습을 보았다. 아주 오랜만에 보는 에이였으나, 우리 모두는 눈살을 찌푸렸을 것이다. 한자리에 앉아서 본 것은 아니지만 텔레비전에 에이의 모습이 몇 분 동안 머물렀다 사라진 뒤에 유와 분투, 그리고 을지와 삼미에게서 안부 전화가 왔던 걸 보면 말이다.

그때 유와 분투, 그리고 을지와 삼미는 에이에 대해서 한마디도 하지 않았고, 어떻게 지내냐고 묻고는 그럭저럭 지내고 있다는 대답만 흘리고 전화를 끊었었다.

싱거운 안부 전화를 주고받던 그 시각에 나는 에이를 본 충격으로 캔맥주를 두 개째 딴 상태였고, 우리 모두가 에이를 보았음을 알아차렸다.

그때 텔레비전에 나온 에이는 맨바닥에 엎드린 상태로 라디오를 듣고 있었다. 에이의 몸은 작게 오그라들어 있었는데, 홑이불 하나 덮지 않은 탓에 말라비틀어진 두 다리가 헐렁한 바지 안에 막대기처럼 묵묵하게 놓여 있었다.

화면이 바뀌어, 비글이 엄숙하고 자애로운 표정을 짓고서 에이가 지금 현재 하고 있는 일에 대해 설명하고 난 뒤, 카메라가 에이의 얼굴을 비췄을 때 나는, 그리고 우리는 에이를 알아보지 못할 뻔했다.

불거져나온 광대뼈, 움푹 들어간 눈, 불룩하게 튀어나온 입술…. 그것은 우리가 알고 있던 에이가 아니었다.

에이는 성냥불을 가까이 가져다 대기만 해도 활활 타올라서 한순간에 재가 되어버릴 것 같이 가벼워져 있었다. 모든 중심과 권위를 떨치고 날아오르겠다던 불꽃같던 눈빛이 텅 빈 채 초점을 잃고 있었던 것은 물론이다.

마침내 비글의 입가에 버캐가 일고 그 장면을 지켜보고 있는 시청자로 하여금 에이 같은 예술가를 위해 돈을 내는 일은 아주 명예로운 일이라고 느끼게끔 주장하는 어투가 되었을 때도 에이는 눈만 깜빡거리고 있었다.

나는 내 몸의 한 부분이 감자껍질처럼 착착 깎여나가는 듯한 아픔을 느꼈다. 에이가 비글을 선택한 것인지, 비글이 에이를 선택한 것인지 알 수 없었다. 고물이 되어버린 에이를 유용하게 써먹을 방법을 알지 못했던 우리로서는 비글의 탁월한 수완이 놀랍기만 했다.

눈을 감은 채 나는 에이를 처음 만나고, 황홀하게 빠져들었던 스무 살의 그때를 떠올렸다.

오리엔테이션을 마친 유스호스텔의 로비는 동아리 새내기를 모집하기 위해 나온 선배들이 조잡하지만 어쨌든 그 당시로서는 꽤나 그럴듯해 보이던 홍보물을 나눠주거나, 나이트클럽의 호객꾼처럼 소리를 질러대거나, 떼거리로 모여 시엠송을 불러대기까지 해서 난장판이 따로 없었다.

생각해보면 유치하고 소란스러운 짓거리에 불과하지만 그때 우리에게는 그 북새통이 거대하고 새로운 세계로 들어가는 입구였다. 에이를 발견한 것은 그 북새통의 난장판 속에서였다.

에이는 홀로 복싱 경기 도중 한 라운드가 끝날 때마다 다음 경기를 알리는 피켓을 들고 링을 한 바퀴 도는 라운드걸처럼 로비를 돌고 있었다. 라운드걸처럼 보였으므로 당연히 에이는 피켓을 들고 있었다. 키는 적당히 컸고, 머리는 길었으며 어깨는 반듯하고 다리는 탄탄했다.

포스트리트레처. 무엇인가를 넘어서야 할 무렵이었지만 내가 넘어야 할 것이 있는지 없는지, 있다면 또 무엇인지 알 수 없었던 그때, 나는 일종의 허기와 치기에 끌려서 에이의 동아리에 들기로 결심했다.

나처럼 달려온 분투, 을지, 삼미, 유, 그리고 비글과 처음 만나던 날 에이는 긴 머리를 질끈 묶고 헐렁한 셔츠와 청바지 차림으로 나타났다.

여장을 좀 했었지. 우리는 놀랐지만 탄복했다. 에이는 멋진 남자였고 게이 취향도 아니었다. 중심도 주체도 권위도 없으니 어차피 지리멸렬이겠지. 다 부숴버릴 거야. 따라올 수 있겠어?

에이의 말은 모두 옳았다. 엔피티 탈퇴를 선언한 북쪽 때문에 합작 대통령과 유엔이 골머리를 앓기 시작한 봄을 지나고 나면 곧 오월 광주항쟁이 민주주의의 밑거름이라는 판결이 내려질 것이고, 선배들이 타도를 외치던 전직 대통령들이 줄줄이 고소당하는 사태가 벌어질 것이라던 말도 그대로 맞아떨어졌다.

에이는 예언자였다. 우리는 더 이상 민주화니 뭐니 하는 데 관심을 기울이지 않아도 되었다. 그것을 미리 간파한 누군가는 사소한 일상적 소곤거림을 공개적으로 들려줌으로써 유명해지고 있었지만 에이는 보다 근본적인 일탈을 원했다.

중요한 건 우리가 자본주의와 사회주의, 그 양쪽을 다 갉아먹어야 한다는 거야. 하필 이럴 때 뭔가를 써야 한다니, 참 기구한 운명이라고나 할까. 그러면서 에이는 이미 나름대로 뭔가를 쓰기 시작하고 있었는데, 우리가 보기에는 상당한 경지에 도달해 있었다.

아침에 일어나 블루마운틴을 마시기까지의 시간 속에 배치된 자기 몸의 흐름에 대해서 쓰거나, 바에서 두 시간쯤 앉아 관찰한 손님들의 손 모양에 대해 꼼꼼하게 쓰는 에이를 보고 있으면

감미롭고 황홀한 기분이 들었다.

에이는 에이에게 빠져 있는 우리에게 시니컬한 태도를 취했는데, 중심을 허물어야 할 단계에서 자기에게 의지하려는 것은 새로운 중심을 만드는 일이라는 이유에서였다.

뭔가 색다른 걸 생각해봐. 이를테면 사람이 많은 거리에서 한 시간쯤 쉬지 않고 탭댄스를 춰본다든지, 버스정류장에서 자정이 되기를 기다렸다가 만나는 사람마다 악수를 청해본다든지 하는 거 말야. 표절도 창의적으로 해야지.

에이의 따끔한 충고에 따라 우리는 뭔가 새로운 것들을 찾아내기 위해 열심히 노력했다. 그리고 그런 것들을 적어서 에이에게 제출함으로써 위안을 얻었다.

편의점에서 담배를 살 때 돈이 모자라 오십 원짜리 동전 네 개까지 털어야 했다든가, 맥주와 막걸리와 소주를 칵테일해서 오백 씨씨를 마신 뒤에 장수면 한 개를 먹을 수 있는 위장을 가진 사람이 우리나라 인구의 몇 퍼센트는 될까에 대한 실험보고서를 쓰는 등, 비역사적인 것들에 대한 기록이 언젠가는 역사적인 내용이 되기를 꿈꾸면서 말이다.

에이가 사고를 당한 이후에 그 작업은 훨씬 활기를 띠었다. 여섯 달 병원에 있는 동안에도 에이는 자기에게 주어진 상황에 굉장히 흥분하면서 우리를 더욱 자극했기 때문이다. 사지가 부러지는 경험은 아무나 할 수 없는 거지. 에이는 걱정스러운 표정을 짓는 사람들에게 큰소리치곤 했다.

퇴원할 무렵에 에이는 간호사들의 걸음걸이와 의사의 사타구니 부분의 불룩한 정도가 시간과 날씨에 따라 어느 정도 차이가 나는지에 대해 거의 노트 한 권에 가까운 기록을 남겼다.

에이의 그 기록은 상당히 흥미로운 것이어서 우리는 돌려가며 읽었는데, 한 달쯤 뒤 어디론가 사라져버렸다.

아마 변태 짓이겠지! 에이는 관음증이 있을 게 분명한 그 변태의 얼굴을 을지에게 스케치해보라고 권했는데, 그때 을지는 안경원숭이처럼 눈이 튀어나온 대머리를 그려서 보여주었다.

변태는 대충 이렇게 생겼을 거라는 고정관념을 버려. 물론 네 탓은 아냐. 하지만 네 무의식 속에 있는 것들을 모조리 끄집어내서 부숴버리지 않으면 안 돼. 에이의 충고에 을지는 반성하는 마음으로 변태 그림을 그 자리서 꾹꾹 씹어 먹었다.

에이는 휠체어를 타는 신세가 됐지만 우리는 번갈아가며 에이의 휠체어를 밀었고, 에이의 머리를 빗겨주었으며, 그가 원하는 것이라면 무엇이든 들어주었다.

치렁하고 검은 머리카락을 가진 늘씬한 남자였던 에이는 부서져 버린 자신의 몸도 사랑했다. 부서지긴 했지만 아직 구석구석 아름다운 기억이 남아 있어. 아직은 말이지.

에이는 자기 몸 여러 군데 새겨진 흉터들에 생맥주를 부어주며 위로하기도 했다. 그것은 일종의 엄숙한 의식 같은 것이었다. 반듯한 이목구비와 균형이 잘 잡힌 몸이 기억하고 있을 자부심과 긍지를 에이는 잃지 않고 있었던 것이다.

그런 에이에게서 영하 2도쯤 되는 얼음물에 한 시간쯤 발을 담근 듯한 차가움을 느낀 것은 에이의 집을 방문한 뒤부터였다. 무슨 일 때문에 에이의 집을 찾았는지는 기억나지 않는다.

에이의 집은 버스정류장에서 가파른 골목을 십 분 넘게 걸어서 올라가야 했지만 바람이 좋고 양지바른 곳이었다. 에이가 사고를 당하자 치매였던 어머니를 양로원으로 보내고 동생과 둘이서 사는 집이라 했다.

작은 마당이 있는 단층 슬래브집을 남겨주는 부모가 있다면 세상에 부러울 게 하나도 없을 거라고 내가 말했을 때, 에이의 동생은 아무 말도 하지 않았다.

그러니까 그날, 나는 에이를 만난 것이 아니라 에이의 동생을 만났으며, 에이가 문을 잠근 채 열어주지 않는 시간도 있다는 것을 알았다.

어젯밤에는 한숨도 자지 못하는 눈치더라며 에이의 동생이 말했다. 오빠는 몹시 아파요. 얼마나 아픈지 상상도 못할 걸요. 다른 사람들이 모르게 하려고 얘길 않는 모양이지만, 난 무서워서 같이 못 살겠어요.

　나는 에이의 동생 말을 이해할 수 없었다. 그러나 동생이 엿보게 해준 에이의 모습을 본 뒤에는 결국 동생을 이해했다.

　내가 엿보았을 때, 에이는 이불을 깐 방에서 사지를 매듭처럼 엮은 채 나뒹굴고 있었다. 두 다리를 쓰지 못하는 터라 팔로 다리를 들어 올리고 있었는데 그 모습이 너무나 기괴했다. 뿐만 아니라 에이는 그런 희한한 상태에서도 눈물을 줄줄 흘리며 큰 소리로 외치고 있었는데, 그 외침은 자신의 고통을 낱낱이 설명하는 것이었다.

　그때 내가 들은 에이의 외침은 대충 이렇다: "누가 내장을 주물럭거리는 것 같다. 빨래라도 하는 거라면 좀 깨끗이 구석구석 주물러보지 그래! 거품이, 합성세제의 거품이 아직 남았잖아. 거품은 진득거려서 싫어. 빨래 끝났니? 이젠 이빨이 좋은 금속성 애벌레가 척추를 갉는군. 싸각싸각 싸각싸각. 그래, 그래 천천히 갉아라. 시간은 아주 많단다. 벌레들아 갉아라. 다 갉았니? 흠 다음 차례는 말벌이군. 차례차례 꼭 한 번씩 찌르기. 두 번도 아니고 꼭 한 번. 첫 번째 말벌이 찌르고 간 다음에 두 번째 말벌, 삼 초 간격이군. 감각에 있어서의 삼 초란 교회의 첨탑처럼 높은 지점이지. 삼 초가 끝나는 순간에 정확하게 다시 시작되는 삼 초, 이건 승화 혹은 기화라고 해야겠군. 육체는 물화되거나 액화되기만 할 뿐이라는 걸 알면서 내게 승화를 요구하다니, 고통이여, 넌 누구냐!"

피곤에 지쳐 잠든 유와 을지, 그리고 삼미도 그때 내가 보았던 광경을 보았고 내가 들었던 말들을 듣지 않았을까? 그렇지 않고서야 모두들 일제히 약속이나 한 듯이 에이로부터 달아나 버릴 까닭이 없었다.

우리는 동생조차 달아나게 한 에이의 고통이 무서웠던 것이다. 그렇게 지독한 고통을 견디면서까지 삶은 정말 살아야 할 가치가 있는 것일까 하고, 일찌감치 그것에 항복해버렸던 것이다.

그래서 우리는 얼마 뒤 에이가 결혼한다는 소식을 전해 들었을 때 속으로는 저마다 뛸 듯이 기뻐했을 것이다. 변명의 여지 없이, 우리는 마음속에 철심처럼 단단히 박혀 있던 에이라는 기둥을 쑥 뽑아내 버렸다. 그리고 지체 없이 남루한 삶의 현장으로 뛰어들었다.

위대한 에이도 결국 부서진 몸과 그 몸의 고통 앞에서는 속수무책이었다는 것이, 젊음이란 특허상표는 보잘것없는 족속들이 괜스레 허풍이나 떨다가 곧 복제당하는 쓰레기에 불과하다는 것을 깨달았기에.

하지만 그 모든 일이 이제 끝났다.

4.

에이의 영결식은 아무도 울지 않는 가운데 시작되었다가 아무도 울지 않는 가운데 끝이 났다.

비글은 그때 우리를 선도하던 에이처럼 앞장서서 장례에 관한 모든 절차를 착착 진행했다.

얼마간의 사람이 숙연하게 머리를 숙인 가운데 우리는 에이의 관을 들었다.

죽은 에이는 무거웠다. 여럿이 함께 들었는데도 불구하고, 억지로 들려지는 듯한 느낌이 들었으나, 아무도 거기 대해서는 언급하지 않았다.

비글은 화장장에 도착하자 곧 향을 피우고 우리를 물러서게 한 다음 에이가 불타 없어질 때까지 혼자 대기실에 앉아 있다가 흰 보자기에 싼 유골상자를 들고 나타났다. 그때까지도 어정대고 있는 우리를 남겨두고 비글은 유골상자를 안고는 누군가의 차를 타고 가버렸다.

정오를 향해 달려가는 구월의 마지막 날 햇빛이 화장장 마당에 서둘러 피기 시작한 국화꽃 위에서 노랗게 반사되고 있었다.

분투는 미리 말한 대로 오지 않았고, 남은 우리는 햇빛처럼 노란 국화꽃이 머릿속을 가득 채울 때까지 서 있었다.

얼마나 지났는지 모를 시각에 삼미가 문득 말했다. 뭣 좀 먹고 헤어지자. 어제 저녁 이후로 아무것도 먹지 않은 상태였던 것은 유나, 을지, 삼미도 마찬가지였던지 응, 하고 모두 대답했다.

비로소 우리는 함께할 수 있는 뭔가를 찾아냈다는 안도감에 뻣뻣해진 몸을 움직여 화장장 마당을 벗어나기 시작했다.

화장장 입구까지 올라오는 마을버스가 문을 열어둔 채 기다리고 있는 것을 보고 삼미가 먼저 버스에 올랐다. 삼미의 뒤를 이어 을지가, 을지의 뒤를 이어 유가, 유의 뒤를 이어 내가 버스에 올랐다.

버스의 앉는 자리는 가로로 길게 설치되어 있었고, 마치 우리를 기다리기라도 한 듯 텅 비어 있었다. 하품을 하던 기사는 마지막으로 오른 내가 채 자리에 앉기도 전에 버스를 출발시켰다.

차체가 몹시 덜컹거리는 낡은 버스의 가로로 배치된 자리에 우리는 한 줄로 죽 앉아서 무얼 먹는 게 좋을까에 대해 잠깐씩 생각했다.

댄싱 맘 Dancing Mom

너무 환한 세상은 잊어요, 엄마.

—김원숙의 그림 〈Dance On a Bridge〉에 붙여

1.

그녀와의 대화는 대부분 논쟁으로 끝이 났다. 지나가는 말 한 마디도 그냥 넘어가지 못하는 그녀의 고약한 성미 때문이었다.

예를 들면 이런 식이었다. 그 대목에선 '저녁 무렵에'라고 하는 거야. 그 말이 한정하는 범위가 좀 넓긴 하지만 정확한 시간을 정하기 곤란할 때 적당한 말이지. 네 대답에 따라서 나도 스케줄을 새로 짜야 하거든. 네가 이른 저녁을 먹고 오거나 속이 불편해서 밥 생각이 없다면 난 외출할 거고, 네가 저녁을 먹지 않고 온다면 외출을 미룰까 해. 중요한 일이 아니니까 하루쯤

미뤄도 상관없거든. 또 말이야, 네가 저녁 먹을 시간을 넘겨서 올 거라면 난 외출했다 오는 길에 메밀국수나 먹고 올까 해. 진짜 봉평메밀로 국수 뽑아주는 집을 알아뒀거든. 근데, 막연히 '이따가 저녁에'라고 하면 네가 너무 많은 시간의 권리를 가지게 되는 거잖아. 도대체 날 뭘로 보고.

그녀는 대한민국 보편적인 할머니 세대였고, 당시로서는 그런대로 수준이 높은 여자고등학교를 졸업했다. 한때 소설을 써볼까 생각하기도 했다는 그녀는 언젠가는 그렇게 되리라는 희망을 안고서 한글맞춤법통일안이 개정 발표될 때마다 얼른 마스터하는 열렬한 한글 애호가였다.

하지만 그녀의 대화 상대들은 한글맞춤법통일안이 바뀌든 말든 상관하지 않고 사는 게 훨씬 편한 사람들이었고, 지나치게 맞춤법이니 뭐니 하면서 따지고 드는 그녀를 불편해하거나 불쾌해했다. 결국 일가친척이나 이웃들, 그녀의 섬세하고 다감한 말투에 이끌려 가깝게 지내고 싶어 하던 사람들마저도 대부분 그녀와 결별해버리는 지경에 이르렀다.

그녀는 외롭고 까탈스러운 늙은이가 되었다. 그런데도 스스로는 그 사실을 알지 못했다. 결별이라는 대담한 방식을 취할 수 없는 자식들이 넷이나 있었으니까.

그녀의 자식들은 닭벼슬처럼 붉은 루주가 칠해진 그녀의 입을 봉할 무슨 방법이 없을까 저마다 투덜거렸지만 어떤 방법을 동원하거나, 방법을 동원하기 위한 시도 또한 하지 않았다. 오히려 쥐처럼 갉아대는 그녀의 말을 자신들이 참아내고 있는 까닭을 분석해보려고 귀찮음, 방관, 미움, 지겨움, 반발심, 증오, 이해심, 아량, 무시 같은 여러 가지 단어들을 거론하기나 했다.

그녀의 자식들은 그녀에 대한 태도나 감정을 나타낼 수 있는, 여러 가지 의미를 농축시킨 궁극의 한 단어를 찾아내려고 전전 긍긍하면서 다만 그녀를 견뎠는데, 근래에 새로운 단어 하나가 물망에 올랐다. 그 단어는 '적응'이었다. 그녀에게 지친 나머지 말하지 않고 돈을 벌 수 있는 직업을 갖겠다고 다짐했음에도 불구하고 스피치학원 강사로 활동 중인 그녀의 세 번째 자식이 꺼내놓은 단어였다.

맞아, 어쩜! 그럴지도 모르겠네. 우린 적응이 잘 된 거야. 저항력이라고 하나? 히스테리가 심한 싱글대디를 상사로 둔 그녀의 두 번째 자식이 맞장구를 쳤고, 그녀의 나머지 자식들이 고개를 끄떡이는 것으로 그 문제는 일단락됐다.

수세미가 익었더라. 뿌리 잘라서 물을 받았단다. 스킨에 섞어 발랐더니 손도 발도 얼굴도 매끌매끌하네. 자, 이리들 와, 차례차례 바르자꾸나. …조금 있다가 당귀 삶은 물에 발 담가야 하니까 어디를 나가지 마라. 여름엔 특히나 뒤꿈치 각질이 두꺼워지거든. 뒤꿈치 각질은 면도칼이나 돌멩이로 문지르면 자꾸 더 생기게 돼. 피부 자체를 부드럽고 탄력 있게 만들어줘야지.

얼굴에 수세미 스킨을 바르고 당귀 우린 물에 발을 담그고 앉아서 삐주름 열린 대문 너머로 수영강을 바라보며 줄 지어 앉아 있던 그녀의 자식들 중 순규는 마지막 네 번째였다. 강 너머는 군용 비행장이었고, 동해남부선 기차가 이따금 비행장의 언저리를 돌아서 지나갔다. 비행기의 굉음과 기차 바퀴 구르는 소리와 함께 그녀의 자식들은 바다를 거슬러 올라온 숭어 떼가 펄떡펄떡 뛰는 소리를 들었다.

생각해보면 그녀는 항상 말하고 있었다. 말하지 않는 그녀는 기억나지 않았다. 그녀는 언제 다 풀릴지 모르는 말의 꾸리를 가슴에 품고 있었다. 복수초와 매화부터 시작해서 코스모스와 국화까지, 그녀는 계절에 따라 꽃들의 생김새와 성장과정과 씨 뿌리는 방법을 늘어놓았다. 또 재봉틀로 뭘 만들었는지(만들고 있는지), 속옷을 어떤 색으로 갈아입었는지(갈아입을 것인지) 등, 자식의 장래에 지대한 영향을 미치게 될 학업과는 전혀 무관한 지식들을 섭렵하도록 종용했다.

하여 순규를 포함한 그녀의 넷이나 되는 자식들은 아버지가 돌아가신 뒤 어느 날 그녀가 한지공예를 시작했다는 소식을 접

하고는 대놓고 기뻐했다. 그게 말야, 한 번 손에 잡았다 하면 한
두 시간으론 어림도 없는 작업이래. 두고 봐, 푹 빠지고 말 테니
까. 뭐, 좋은 일이잖니? 아직 건강하시겠다, 정신 또랑또랑 맑으
시겠다.

실제로 한지공예를 시작하고부터 그녀의 말은 엄청 줄었다.
어쩌다 전화를 해도 용건만 서둘러 말하고는 끊어버렸고, 누가
무슨 말을 하든 건성건성 들어 넘겼다. 진작에 그랬어야지. 우
리 엄마, 따지고 보면 굉장히 섬세하고 재주 있고 눈썰미도 좋
잖아. 아버지가 이 행복한 시간을 함께 누리지 못하는 게 애석
하지 뭐야.

그녀는 자식들의 염원을 저버리지 않고 그 분야에서 탁월한
재능을 나타냈다. 오 년 동안에 세 번 전시회를 가졌고, 특유의
감각과 취향이 깃든 한지등, 반짇고리, 원앙장, 뒤주, 쌀독 같은
실용성 있는 작품들은 좋은 가격에 팔렸다. 자식들 집에도 나비
장, 다과상, 반짇고리, 보석함 같은 것들이 차곡차곡 늘어났다.
그녀는 부지런했고 삶에 적극적이었으며, 무엇보다 자기 자신
을 사랑했다.

2.

삼월이 한참이나 지났는데도 날씨는 일월처럼 매서웠다. 서둘러 겨울옷을 벗었던 사람들이 불평을 늘어놓으며 방한복과 부츠, 장갑과 목도리 같은 소품들을 다시 꺼내 입으며 종종거리던 오후에, 순규는 무의식처럼 깊은 잠 속에서 휴대폰 벨소리를 들었다.

제풀에 끊어지겠거니 여겼지만 벨은 줄기차게 울었고, 통화 버튼을 누르자 그녀의 목소리가 들렸다.

"내가 어디 있는 거니? 대체 여기가 어디야?"

순규는 그녀가 말하는 것의 의미보다는 그녀의 목소리가 꽉 잠겨 있다는 사실에 집중하고는, 눈을 부비는 대신에 새끼손가락으로 귀를 후벼 팠다. 귀지가 좀 있는 것 같았지만 말을 잘 못 들을 정도는 아니었다.

귀를 파던 손을 콧구멍에 집어넣다가, 코가 듣는 데 전혀 상관없는 기관이라는 데 생각이 미쳤다. 황망 중에도 피식 웃음이 나왔다. 그녀의 전화를 받을 때면, 혹은 그녀와 마주앉아 있을 때면, 그녀의 줄기찬 말들을 견디기 위해 무심코 생겨난 행동이 몇 가지 있었다. 순규 외에 그녀의 나머지 자식들도 마찬가지였다. 첫째가 귀를 파면 둘째는 코를 후볐고, 셋째가 손톱을 뜯으면 넷째는 머리카락을 뽑았다. 첫째가 코를 후비면 둘째가 귀를 팠고, 셋째가 머리카락을 뽑으면 넷째는 손톱을 뜯었고… 그러다 보니 그녀의 자식들은 저마다 몇 개의 고착된 행동을 가지게 되었지만 논쟁으로 단련된 단호하고도 엄중한 그녀의 어조가 부드럽고 차분하게 바뀐 이후로 지워진 줄 알았다.

그랬는데, 새삼 드러난 습관이 씁쓸했다. 예순일곱 나이에 사회생활을 시작하고서도 어조와 말투에 억양까지 바꿀 수 있는 탁월한 재능을 그동안 어찌 누르고 살았을까 혀를 차던 두 번째 자식의 비아냥이 있었지만, 순규는 자신의 습관 재생이 그녀와 무관하지 않다는 사실을 알고 있었다.

"잠 좀 자야 돼요. 꼬박 새웠다고요."

순규는 귀찮은 티가 묻지 않게 얼른 목소리를 털면서 말했다.

사실이었다. 지난 일 년 동안 산탄처럼 여기저기 써댔던 음식에 관한 글들을 책으로 묶어보자는 권유를 받은 것이 두 달 전이었다. 마음먹고 원고 정리를 시작한 것이 바로 어제였고, 숙였던 고개를 들자 창밖이 희붐했다. 물 한 잔을 마시고 잠이 들었는데, 시간이 많이 흐른 것 같지 않았다.

"좀 와야겠다. 내가 어딨는지 모르겠다니까."

그녀의 목소리는 여전히 꽉 잠겨 있었고, 잠긴 목소리를 풀기 위해 굳이 목청을 가다듬지도 않았다. 그렇지만 걱정하지 않았다. 액정화면에 떠오른 숫자는 그녀의 집 번호였고, 그녀는 지금 집에 있었다.

"무슨 소리예요, 엄마? 지금 집에 있잖아요. 집 번호 뜨는데 뭘."

"집 아니라니까. 아무래도 이상해. 내가 이상하다고."

"알았어요, 곧 갈게요. 가면 되잖아요."

순규는 순순히 대답하고 통화 종료 버튼을 눌렀다. 그녀의 집에는 정말 가고 싶지 않았다. 지난달에 그녀를 방문했을 때의 일이 떠올라서였다. 그때 어둡고 구석진 방에서 나와 블루마운틴을 우려주고는 시큼한 냄새가 나고 누렇게 때가 밴 행주로 태연히 입가를 훔치던 그녀를 보았고, 가슴이 철렁했었다.

구석구석 잘 닦은 선반, 치약으로 때를 벗긴 은수저와 국자, 스테인리스 냄비들, 기름때라고는 찾아볼 수 없는 프라이팬이며 바짝 말린 도마와 한 번도 사용한 적 없는 것 같은 가스레인지 등과 함께 그녀의 행주는 늘 희다 못해 푸른빛을 띠었었다. 그런데 언제 삶았는지, 아니 제대로 빨기나 했는지 모르게 때가 배고 냄새가 나는 행주로 입가에 묻은 커피 자국을 닦다니.

어이가 없는 가운데 순규는 연한 라벤더 향기 대신에 퀴퀴하고 쿰쿰한 냄새가 나는 집안을 살펴봤다. 그리고 행주처럼 하얗고 푸른빛을 띠던 식탁보가 조야한 꽃무늬로 바뀌어 있고, 걸레는 시꺼멓게 때에 절은 채 바싹 말라 있고, 뚜껑이 닫히지 않은 찬기에 김치와 쌈장이 범벅된 채 들어 있는 냉장고와, 이가 빠진 찻잔과 무늬가 맞지 않는 수저가 태연히 싱크대에 담겨 있는 것을 보았다.

집안이 왜 이래요? 짜증을 내며 물었지만 불안했다. 그냥 정신이 좀 없어. 작품이 밀렸어. 그럼 사람을 부르든지. 아니, 아니, 바빠서가 아냐. 불빛 때문일 거야. 불빛.

그녀는 얼굴을 어느 쪽으로 슬쩍 돌렸지만 그녀가 가리키는 쪽은 애매했다. 아마도 연립주택 쪽인가 보다, 하고 순규는 생각했다. 사 층 높이로 그녀의 집을 에워싸고 들어선 연립주택은 밤이 돼도 그녀의 집을 환히 밝히고 있었고, 그녀는 줄곧 깜깜해지지 않는 밤에 대해 곤혹스러워하곤 했으니까.

깜깜 어둡거나 너무 조용한 데서 살면 우울해진대요. 나이 들면 우울 그거 심각한 문제래요. 좀 시끄럽고 환하다 싶어도 이게 낫다더라고요. 그 정돈 나도 알아. 집이 아니라 저 강이 문제라니까. 사람이야 그래도 강은 불빛을 못 견딜 텐데. 단호하게 말하고 나서 그녀는 비행장이 없어지고 난 뒤 시끄러운 소리는 듣지 않게 되었지만, 이제 밤낮 구별 못 하게 환한 강 건너 구역 때문에 잠을 잘 수 없다고 했다. 엄마가 강 바로 옆에 사는 것도 아니잖우? 별것이 다 탈이우.

그녀는 세차게 고개를 저었다. 그리고 정색을 하고서 그녀는 수직으로 높은 곳에서 비추는 불빛 때문에 오금이 저려 밤에는 옴짝도 못 하겠다고 했다. 연립 정도는 견딜 만해. 그런데 육십 층이 뭐니? 누군가 높은 데서 날 내려다보고 있다고 생각해봐. 소름 끼쳐.

순규는 그녀의 말을 들어주기 시작한 것에 후회하면서 딴전을 피우다 기어코 볼멘소리를 냈다. 그럼 높은 데로 이사 가요. 아무도 엄마 못 훔쳐보게. 여기 재개발 보상 다 끝난 거 알면서, 이사 안 간다고 버티는 사람이 누군데 그래요? 언젠가 가야 할 거면 빨리 좀 가면 좋잖아. 더 소리를 지르려다 문득 순규는 입을 닫았다. 그녀가 다시 말을 하고 있었던 것이다. 아아, 말. 그녀가 말하기 시작했다. 그렇다면 결코 말로써 그녀를 이길 수는 없었다. 한지공예에 몰입해 있는 동안 깜빡 잊고 있었던 그녀의 말, 그녀와의 논쟁의 기억이 되살아나자 낭패한 기분이 들었다.

조심스럽게 살폈더니, 지속적인 수세미스킨과 당귀 우린 물과 로즈마리 차의 효능에도 불구하고 그녀의 얼굴과 손이 보기 딱하게 탄력을 잃고 있었다. 그녀가 늙기 시작한 것은 오래된 일이었고, 세월이 지남에 따라 빛이 바래고 엷어지는 한지처럼 그녀의 육체가 사위는 것은 당연한 일인데도, 새삼 아득했다. 게다가 그녀의 눈동자는 계속해서 불안하게 흔들리고 있었고,

아무렇게나 쭉 뻗은 발바닥은 언제 씻었는지 모르게 새까맸다.

떨쳐지지 않는 잠을 쫓으려고 기지개를 켜면서 순규는 벌렁 침대에 드러누웠다. 그녀의 많고 많은 말을 들으러 그 집에 가야 하나 말아야 하나. 가봐야겠지. 아무래도 이상하지 않은가 말이다. 하지만 정말 졸리는 걸….

3.

순규는 지하철 2호선 민락역에서 현대아파트 출구로 빠져나왔다. 노선버스와 마을버스가 생겼고, 택시를 타면 금방 닿을 수 있는 거리였지만, 현대아파트 단지 내 벚나무 길을 따라 걷기로 했다.

아파트 담벼락을 따라 늘어선 벚나무에는 진하고 붉은 꽃망울이 이슬처럼 송알송알 맺혀 있었다. 늦은 추위가 싫은 듯 벚나무들이 작은 바람에도 호들갑스럽게 가지를 흔들어댔다.

잰걸음으로 협성르네상스 담벼락까지 가서 몇 개의 모퉁이를 지난 순규는 강과 나란히 놓인 길 쪽으로 빠져나왔다. 강 건너에 육십 층의 마천루 아파트가 비온 뒤 죽순처럼 치솟아 있었다. 거대한 마천루에 불이 켜지고 사람들이 살기 시작한 것은 두 달쯤 됐다.

　강바닥에 불기둥이 박혔어. 저러고서야 숭어가 어떻게 산다니? 한숨을 내쉬며 그녀가 말했지만 그녀의 자식들은 귀여겨듣지 않았다. 마천루 높이만큼 길게 강바닥에 불기둥이 박혔다고 그녀는 겁을 먹은 것 같았지만, 그런 불기둥은 도시 어디서나 볼 수 있는 것이었다. 강을 따라 죽 고층 건물이 들어서고, 고층 건물은 불빛을 높이 매달고, 밤이 되면 그 불빛이 강바닥에 드리워져 어른거리는 풍경은 설레설레 고개 저을 일이 아니었다. 그것은 오히려 바다와 강에 접한 도시 특유의 밤 풍경을 만들어 냈다.

　육십 층이 좀 높긴 하지만 이미 오래전부터 강가에 들어선 마천루들에 대해선 한마디도 없었으면서, 새삼 생태주의자가 된 거야, 뭐야? 그녀의 세 번째 자식은 한마디로 그녀의 말을 뭉개버렸다. 엄마도 높은 데서 살고 싶은가 보다. 잘 됐네. 내년부터 이 구역도 철거 시작한다는데 노인네 못 비킨다 하고 억지 부리면 어쩌나 싶었는데. 그녀의 첫 번째 자식만은 조심스런 태도를 보였다. 그녀의 감정을 아직은 존중할 필요가 있다는 듯.

　강을 바라보면서 순규는 자신이 어디 있는지 모르겠다던 그녀의 말을 생각해보았다. 마음을 어쩌지 못하겠다는 뜻일까. 이젠 그만 집을 떠나기로 작정을 했다는 걸까? 그렇게만 해준다면 다행이겠지만, 그렇게 호락호락 자신을 포기할 그녀가 아니었다. 자신을 위해서가 아니라면 그 무엇도 양보하지 않는 성미를 그녀는 가졌다. 숭어니, 불빛이니, 불기둥이니 하는 건 그녀 자신을 뒤흔드는 다른 존재들을 견디지 못하겠다는 말일 것이다.

난 정말 이 동네 안 오고 싶거든. 엄마 땜에 계속 와야 된다는 게 너무 속상해. 어휴, 지겨운 동네. 그녀의 두 번째 자식은 올 때마다 노골적으로 진저리를 쳤다. 몇 달만 기다려. 보상 끝났으니 곧 철거 들어가겠지. 재개발이 우리를 살렸지 뭐야. 그녀의 세 번째 자식은 그녀의 집이 헐리고, 이 동네에 다시 오지 않게 된다면 정말이지 오래된 충치를 뽑아버리는 것과 같은 기분일 거라고 시시덕거렸다. 충치보다는 임플란트가 낫지. 엄마 임플란트 할 때 얼마 안 남았네. 그녀의 두 번째 자식은 그녀의 성치 않은 치아를 들먹이면서 키들거렸다.

자식들이 그러거나 말거나 그녀는 틈만 나면 여기저기 전화를 걸어 저놈의 불, 저놈의 불 타령을 늘어놓았다. 낡은 그녀의 집을 부수고 그 자리에 아파트가 들어선다면, 그 아파트는 임플란트였다. 아프지도 않고 썩어 문드러지지도 않는 단단한 기둥, 순규는 그 기둥을 기다리는 조급한 심정으로 강 건너 육십 층을 바라보았다.

문명은 저렇게 나날이 쑥쑥 자라는 것이었고, 그 자람을 거부할 어떤 명분도 힘도 없는 시대였다. 넓고 깊던 강은 양 기슭에 늘어선 고층 아파트와 건물 사이를 흐르면서 하수종말처리장에 기대어 간신히 숨을 이어가는 중이었다. 보도블록을 깐 산책로가 만들어지고, 자전거와 인라인스케이트가 씽씽 달린다 해도, 바다에서 올라온 숭어가 풀쩍풀쩍 뛰논다 해도 그 강은 이미 옛날의 넓고 깊은 강이 아니었다.

도대체 불빛이 뭐 어떻다는 거야? 캄캄한 것보다야 밝은 게 낫지, 불기둥은 또 뭐람. 협성르네상스 앞에서 길을 건너면서 순규는 중얼거렸다. 강물과 맞닿아 있는 좁은 산책로로 내려가면서 순규는, 계속해서 불빛이니 불기둥이니 타령을 늘어놓으면 어쩌나 생각했다.

경부고속도로에서 달려온 자동차를 광안대교로 이끌어가는 지하차도 위에 나루공원을 조성하면서 선심 쓰듯 조성된 산책로는 두 사람이 겨우 비껴 다닐 정도로 좁았다. 몇 발자국 아래 강물이었다. 강은 썩 맑지 않았지만 그렇다고 아주 썩어버린 것도 아니었다. 바다에서 올라온 물고기들의 살 냄새와 굴개 냄새가 섞인 물은 진하고 비릿했다. 바람이 강을 끼고 걷는 오른쪽 옆구리를 서늘하게 파고들었다.

옷자락을 여미면서 순규는 태양의 다리 아래를 지났다. 수영

강에 세워진 세 번째 다리의 다른 이름인 태양의 다리는 마천루가 있는 건너편과 허름하고 오래된 지붕들이 재개발을 기다리고 있는 이쪽을 연결하면서 강 위에 높이 걸쳐 있었다.

도도히 흐르던 강물은 태양의 다리에서 교각을 만나 Y자로 갈라지다가 다시 합쳐져서 바다로 흘렀다. 물의 냉기를 품은 바람은 다리의 그늘을 만나 더욱 차가워져 있어서, 오들오들 몸을 떨던 순규는 길 위로 다시 올라왔다.

횡단보도 앞에 서자 그녀의 집이 저만치 보였다. 연립주택과 이층집이 사방을 에워싸고 들어서면서 강이 가로막혔고, 점심나절 한두 시간 잠깐 햇볕이 들게 된 때부터 쇠락하기 시작한 그녀의 집. 햇볕이 들지 않는 화단의 꽃과 나무들이 시들시들 웃자라는 탓에 우중충하고 음습한 곳이 되어버린 그녀의 집.

나루가 보이는 한적한 동네에 집을 마련하고 싶어 하는 그녀의 마음을 고려해서 아버지가 마련한 그 집에서 넷이나 되는 자식을 키우는 동안 그녀는 닦고 고치고 다듬으면서 알뜰히 살았다. 강변을 따라 하나둘 집이 늘어나기 시작하고, 오늘 집을 샀다가 내일 팔아도 아무 탈이 없던 시절에 아버지는 그 집을 팔아 계속해서 투기를 하고자 했다.

그때 좀 굴렸으면 엄청 불었을 거다. 그랬으면 너희들 둘씩 같은 방 쓰면서 쫑알쫑알 싸우지 않아도 됐을 텐데. 아버지는 가끔 회한에 잠겼지만 그녀는 조금도 미안해하지 않았다. 어부였던 외할아버지와 함께 강이나 바다가 보이지 않는 곳에서는 살아본 적이 없는 그녀와 산골 출신인 아버지의 취향은 여러 방면에서 달랐다.

또 손에 돈이 들어오는 족족 쓸 줄만 아는 그녀의 성미 탓에, 자식들의 학비는 번번이 아버지의 비상금 주머니에서 나왔다. 그녀는 욕심이 없고 담백했으나, 어떤 부분에서는 지극히 요령부득이었다.

4.

그녀가 사는 집 앞에 도달한 순규는 아버지의 문패를 발견하고는 잠깐 눈을 깜빡거렸다. 이제 그만 아버지의 문패를 떼는 게 좋지 않겠느냐는 말이 조심스럽게 나온 것이 작년이었다. 그녀는 아주 사려 깊은 표정을 짓고서 고개만 흔들었고, 저마다 집을 가진 그녀의 자식들은 문패 문제로 왈가왈부하는 일을 얼른 그만뒀다.

벌써 오 년, 아버지는 없지만 아버지의 흔적이 불편하지는 않았다. 오히려 아버지의 이름이 걸려 있어서 이미 많이 헐거워진 그녀와의 관계를 조금 조여주고 있다고 생각했다. 그늘로 내몰린 집은 비바람에 찰기를 빼앗긴 탓에 손바닥으로 슬쩍 건드리기만 해도 푸슬푸슬 부스러기가 일었다. 담벼락과 대문은 기우뚱하고, 우레탄으로 깡그리 뒤덮었음에도 불구하고 걸핏하면 천장에서 빗물이 떨어졌다. 아버지에 대한 아련한 그리움이 구석구석 묻어 있는 집이었다.

그녀의 극성을 피해 강으로 달아나는 저녁, 아버지는 묵묵히 자식들과 함께 걸었었다. 알뜰하고 솜씨 좋은 그녀였지만 그 알뜰함과 솜씨 좋음에 덜미 잡힌 것은 아버지 역시 마찬가지였다. 아버지는 술을 좋아했으나 귀가시간을 엄수해야 했고, 강둑에 자식들을 앉혀놓고 몰래 담배를 피워야 했다. 아버지의 담배 연기는 아련함이라는 단어와 썩 잘 어울려서, 그 장면에 기억이 닿을 때마다 명치가 아릿했다.

칠이 벗겨진 대문 옆에 역시 칠이 벗겨진 채로 걸려 있는 아버지의 문패에서 눈을 떼고 순규는 담장 너머로 삐죽 솟아 꽃망울을 머금은 자목련을 쳐다봤다. 자목련은 할 말을 숨긴 것처럼 잔뜩 볼이 부어 있었다.

"그래, 넌 무슨 말을 하고 싶은 거야?"

순규는 초인종을 누르려던 손을 내리고 이윽히 자목련을 쳐다봤다. 아무도 듣지 못하도록 자목련이 깊이 잠기는 목소리로 말했다.

"여기서 꽃 피우는 것도 이번이 마지막이야."

순규는 깜짝 놀라 한 걸음 뒤로 물러섰다. 잠긴 듯 착 가라앉은 자목련의 환청은 바로 그녀의 것이었다.

전화기 저쪽에서 들려오던 그녀의 목소리를 되새겨봤다. 뭐야, 이 이상한 느낌은? 하지만 순규는 곧 머리를 흔들었다. 다른 누구도 아닌 그녀였다. 어디에 있든 그녀는 그녀였고, 자기 자신을 철저하게 관리할 줄 아는 그녀였다. 아무도 걱정할 필요가 없는 그녀, 누구의 걱정도 바라지 않는 그녀, 결코 자신을 포기하지 않을 그녀…. 하지만, 하지만 뭔가 이상하지 않은가. 순규는 다시 머리를 흔들었다.

그녀의 거취 문제는 그녀의 자식들 모두의 속을 뒤집어놓았다. 그녀의 첫 번째 자식은 배우자와의 불화를 내비치며 머리를 흔들었고, 두 번째 자식은 노골적으로 손사래를 쳤다. 아주 치매로 가라 그래. 그러면 내가 모실게, 하고 볼멘소리를 내지른 것은 세 번째 자식이었다. 속이 뒤집힌 그녀의 자식들은 행여라도 있을지 모르는 불편함을 미연에 방지하기 위해 전화하는 일조차도 삼갔다.

그녀가 정성스럽게 도시락을 싸주었다는 것, 실밥 한 오라기 흐트러지지 않게 깨끗한 옷을 입혀주었다는 것, 따뜻하고 포근

한 잠자리를 위해 손이 아프게 무명 이불을 빨아 꿰매주었다는 사실은 인정하지만, 그녀와 함께 살겠다는 생각을 해본 적이 없기는 순규도 마찬가지였다.

예정돼 있지는 않지만 언젠가는 결혼도 해야 했고, 그녀 문제로 남자와 신경전을 벌이는 일 같은 건 정말 하고 싶지 않았다. 그녀 역시 자식들의 설왕설래를 알고는 난감하고 불편해했다. 그리고 내 갈 곳은 정해두었다든지, 너희들한테 얹히는 일은 없을 거라든지 하는 말들을 얼핏 얼핏 흘리곤 했다. 그녀의 예사롭지 않은 한숨도 그녀의 자식들은 못 들은 체했다. 아파트가 지어질 때까지는 대략 이 년. 그동안 그녀가 살 곳은 아직 정해지지 않았다.

물밑으로 가라앉아 있지만 언제 떠오를지 모르는 익사체 같은 그녀의 거취문제를 털어버리듯이 순규는 힘껏 초인종을 눌렀다. 고전적인 멜로디가 세 번이나 반복되었지만 대문은 열리지 않았다. 신발을 끌며 대문으로 다가오는 그녀의 발소리도, 조금만 기다려, 라는 그녀의 경쾌하고 높은 톤의 목소리도 들리지 않았다.

대신에 멜로디가 끝난 뒤의 정적만이 가만히 흘렀다. 귀가 밝은 그녀였지만 작업에 몰두할 때면 간혹 소리를 놓치기도 하는 법이어서 순규는 다시 한 번 초인종을 길게 눌렀다. 세 번이나

멜로디가 반복될 때까지 응답이 없었다. '곧'이라는 시점의 모
호함에 대해 장황하게 떠벌이지 않았다는 게 그때서야 문득 떠
올랐다.

옷 갈아입고 세수하고 가방 챙겨 나오려면 사십 분쯤 어정거
려야겠네. 집에서 지하철까지 오 분, 지하철 안에서 삼십 분, 지
하철에서 여기까지 이십 분, 넉넉히 두 시간이야. 그런데 곧 이
라고 말하다니, 하고 그녀는 말하지 않았던 것이다. 다시 말을
삼키기 시작한 건가? 휴대폰을 꺼내 시계를 보니 그녀가 계산
해내곤 하던 시간에, 더 자버린 시간을 합해서 그녀의 전화를
받은 시점부터 정확하게 세 시간이 지나 있었다.

순규는 낡은 대문 기둥에 슬쩍 어깨를 기대고서 무연히 골목
저쪽을 내다봤다.

그녀가 오렌지 주스나 시금치가 든 봉지를 들고 하느작거리
는 걸음으로 나타나기를 기대하며 순규는 길게 목을 뺐다. 그
런데 십 분이 지나도록 그녀의 모습은 보이지 않았다. 전화를
걸어볼까 망설이던 순규는 문득 자목련이 내다보는 담벼락을
쳐다봤다. 담장 너머로 손을 뻗으면 가는 비닐 끈에 매달린 열
쇠지갑이 있었지 아마?

그건 아버지의 비상열쇠였다. 아버지는 집을 떠났고, 다섯이
나 되는 그녀의 자식들은 저마다의 열쇠를 가진 뒤여서 비상열

쇠는 필요치 않게 되었지만, 그녀가 아버지의 문패를 떼지 않은 것처럼 아버지가 마련해둔 그 열쇠도 치우지 않았으리라는 짐작은 옳았다.

대문을 지탱하는 짧은 쇠기둥 틈에 보일 듯 말 듯 끼어 있는 전깃줄을 찾아낸 순규는 뒤꿈치를 들고 전깃줄을 살살 끌어당겼다. 두어 뼘 끌어올려진 전깃줄 끝에 낡은 열쇠지갑이 달려 올라왔다. 순규는 지갑을 열어 열쇠를 꺼낸 다음 대문을 열었다.

하루치 햇볕의 많은 부분을 잃어버린 그녀의 화단에서도 여러 종류의 꽃들이 싹을 틔우거나 꽃을 피울 준비를 하고 있었다. 햇볕이 한 시간쯤 더 들어오는 현관 입구에는 너무 높이 뻗어가지 않게 다듬어진 능소화가 굵직한 우듬지에 조심스럽게 새순을 밀어 올리는 중이었다.

연보라색 꽃이 필 때면 그녀가 얼굴을 파묻고 웃던 라일락이 두툼한 꽃순을 머금고 있는 지점에 눈이 멈췄을 때에야 순규는 이제까지와는 다른 기운이 마당에 넘치고 있는 것을 알아차렸다. 여러 종류의 식물들이 저희끼리 시시덕거리는 기미. 그것은 그녀의 자식들이 그녀가 없는 틈을 타서 방만하게 나뒹굴며 시시덕거리면서 내지르던 즐거운 비명 같은 것이었다.

그녀가 집을 비우면 마당에서 폴짝폴짝 뛰거나 몸을 굴려 방과 방을 옮겨 다니며 낄낄 웃었다. 의미도 없는 소리를 지르거나 옷을 마구 벗어던졌다. 꽃들에게 함부로 물을 퍼붓고 누운 채 과자를 먹었다. 그녀로부터 놓여나기 위해 서둘러 결혼을 하거나 직장을 먼 곳으로 구하기 전의 일이었다.

그녀의 식물들도 그녀의 자식들처럼 숨이 막혔던가. 피는 시기가 늦거나 이르다고, 꽃송이가 작다고, 잎이 너무 크다고 잔소리를 해대는 그녀에게서 달아날 수 없는 식물들의 투정이 그녀가 없는 틈에 일제히 쏟아지는 것 같은 환청 때문에 오싹 한기를 느끼면서 순규는 그녀의 식물들을 둘러봤다.

땅에 달라붙은 채 차근차근 옆으로 뻗어가고 있는 누운주름과 이제 막 꽃대를 뽑아 올린 춘란과, 조심스럽게 싹을 틔운 은방울꽃이 낯선 기척에 호들갑을 떨며 잎을 흔들었다.

순규는 조심스럽게 마당을 지나 현관으로 갔다. 찌귀 소리를 크게 내면서 현관문이 열렸다.

"엄마!"

소리치며 신발을 벗었지만 대답 대신 큰길 쪽에서 갑자기 차가 급정거하는 소리만 들렸다. 재빨리 거실을 둘러봤다. 앉은상 위에는 전화기가 구도를 무시한 채 놓여 있었고, 그녀가 즐겨 신던 하얀색 버선은 바닥이 새까매진 채 그 옆에 나뒹굴고 있었다. 지난번 들렀을 때 그녀의 난잡한 행태를 보았던 터라 라벤

더 향기가 은은하기를 기대하지는 않았지만 퀴퀴한 냄새는 견디기 어려웠다.

"이래 놓고 어딜 간 거야?"

순규는 짜증스레 가방을 내던지고 안방 문을 열었다. 그녀가 손수 만든 알로기 보료는 반듯하게 깔려 있었지만, 정숙하게 서 있던 여덟 폭 자수병풍이 반쯤 기우뚱해진 채였고, 볼륨을 잔뜩 낮춘 텔레비전에서는 홈쇼핑 광고가 한창이었다.

터닝숏을 하듯이 몸을 획 돌려 그녀가 작업실로 쓰는 작은방으로 갔다. 화려한 나비장과 원앙장, 선비선반과 둥우리 몇 개와 뒤주가 사방을 에워싼 가운데 그녀의 작업대인 앉은뱅이책상이 놓인 방이었다.

안경을 쓴 그녀가 단정히 앉아서 한지를 자르고 문양을 오리곤 하던 앉은뱅이책상 위에 가위와 헤라, 쇠자와 칼, 붓, 풀을 담은 그릇 같은 작업용구들이 어지럽게 널려 있을 뿐이었다.

알 수 없는 이유로 점차 두근거리는 가슴을 손바닥으로 지그시 누르며 순규는 함부로 종이를 뒤적거렸다. 그 속에, 잘려진 종이 사이에 그녀가 잘려진 채로 숨어 있을 것만 같은 기이한 예감이, 공공연히 게워내는 차멀미 증세처럼 마음을 다급하게 만들고 있었다.

연하고 부드러운 소리를 내며 잘린 한지가 쓱쓱 비켜났지만 그녀의 모습은 보이지 않았고 비로소 순규는 한숨을 내쉬며 털썩 주저앉았다. 전화를 걸어온 그녀의 목소리가, 더러운 행주로 입가를 훔치던 그녀의 표정이 천천히 떠올랐다.

"이래 놓고 대체 어디 간 거야!"

순규는 희미하게 사그락거리는 한지들을 시름없이 휘적거렸다.

5.

순규는 그녀의 알로기 보료 위에서 잠이 들었다. 잠에서 깬 것은 한밤중이었다. 그녀는 돌아와 있지 않았다. 서둘러 잠을 털어낸 순규는 집 여기저기 불을 켜고 그녀의 휴대폰 번호를 눌러댔다. 수십 번이나 눌러도 도무지 응답이 없었다. 사방을 에워싼 불안은 그녀의 집을 둘러싼 어둠보다 짙었다.

허둥거리면서 순규는 그녀의 나머지 자식들에게 전화 거는 일을 시작했다. 그녀의 행방불명을 통고하는 전화였음에도 불구하고 그녀의 자식들은 바쁘다는 핑계와 당장 달려가기에는 너무 먼 거리라는 이유를 두런두런 늘어놓았다.

"그래서 나더러 어쩌라고?"

특히나 그녀의 세 번째 자식은 잠을 설친 게 못내 분하다는 듯이 덜컥 전화를 끊어버렸다.

그녀가 없는 집에 혼자 남아서 막막한 불안감과 무서움에 싸여 나머지 밤을 꼬박 새운 순규는 다음 날 아침 그녀의 나머지 자식들에게 바락바락 악을 쓰는 전화를 또 걸어야만 했다.

못 이기는 체 나타난 그녀의 첫 번째 자식이 수선을 피우며 실종 신고를 하고, 앉은뱅이책상 서랍에 들어 있는 그녀의 휴대폰을 찾아내서 소진된 배터리를 충전한 다음 여러 군데 전화를 걸었다.

그녀의 첫 번째 자식이 알아낸 것은 꽤 여러 가지였다. 한지 공예 쪽에서 탁월한 재능을 보인 그녀는 불과 오 년 동안에 여러 제자와 동업자들을 두고 있었으며, 석 달 뒤에 있을 네 번째 전시회를 위해 예약한 갤러리와 사흘 전 해약한 상태였고, 어찌 된 영문인지 얼마간의 빚을 지고 있었다.

"대단한 액수는 아냐. 하지만 이제껏 작품 팔아서 다 어디 쓴 거야?"

그녀의 두 번째 자식은 와중에도 그녀의 통장이 비었다는 사실에 실망을 표했으나 곧 입을 다물었다. 뒤늦게 나타난 그녀의 세 번째 자식이 그녀가 남겨둔 한지 조각들을 쓸어안고 꺼이꺼이 울음을 터뜨렸기 때문이었다.

뭐가 뭔지 알 수 없는 채로 한 달이 흘렀고, 또 한 달이 흘렀다. 그녀의 자식들은 두 번 그녀의 집에 모여 배달시킨 음식을 먹거나 맥주를 마셨지만, 그녀의 부재 사실을 무겁게 가슴에 안고 각자의 집으로 돌아갔다.

띄엄띄엄, 그녀의 자식들은 문자메시지로 그녀의 소식을 확인했으나, 누구도 그녀가 없어진 집에 가고 싶어 하지 않았다.

순규는 딱 한 번 혼자서 그녀의 집에 갔다. 그녀가 날개를 접고 새처럼 강가에 앉아 있는 꿈을 꾼 다음 날이었다. 그녀의 집은 컴컴하고 음습한 가운데 조용히 버려져 있었는데, 무슨 영문인지 그녀의 식물들만은 호기롭게 잘 자라고 있었다.

자목련이 예년보다 풍성하게 꽃송이를 터뜨린 것을 시작으로 햇볕이 잘 들지 않는 데도 불구하고 라일락은 흐드러지게 피어 향기를 흩날렸으며, 누운주름꽃을 비롯한 키 작은 식물들도 한껏 자라 있었다.

빈집에서 무럭무럭 자라는 식물들의 기이한 기운 때문에 등허리가 서늘해져서 순규는 집안에 들어서지도 않고 돌아와 버렸다.

그녀가 발견된 것은 순규가 꽉 잠긴 목소리의 전화를 받은 꼭석 달 뒤였다. 그녀는 사라졌지만 그녀의 작품을 구하고자 하는 고객이 아직 남아 있었던 모양으로 그녀의 첫 번째 자식이 작은 방에 있는 그녀의 작품들을 유고작 비슷한 명목으로 처리하기 위해 방문한 날이었다.

그녀의 첫 번째 자식은 그녀의 작업실인 작은방에서 제일 먼저 앉은뱅이책상을 들어내 차에 실었다. 모서리가 닳고 흠집이 많기는 했지만 몇십 년 손때가 묻은 고풍스런 물건이었다.

"언닌 그런 거 가져가고 싶어?"

그녀의 두 번째 자식이 이해하지 못하겠다는 투로 눈을 크게 뜨자, 그녀의 세 번째 자식이 조그만 소리로 말했다.

"형부 취향이겠지."

순규는 다행이다 싶었다. 그녀의 것이라면 아무도, 아무것도 가져가려고 하지 않으려는 기색이 역력한 가운데, 앉은뱅이책상 하나라도 목숨을 건졌다는 생각이 들었다.

앉은뱅이책상을 들어내고 나자 그녀의 한지공예작품들은 화려하고 화사함에도 불구하고 갑자기 빛을 잃은 것 같았다. 원앙장, 나비장, 동고리며 한지등 같은 것들이 차곡차곡 준비된 트럭에 실리는 동안 모두들 아무 말도 하지 않았다.

마지막으로 그녀의 작품 중에서 가장 대작이라 할 수 있는 뒤주를 옮기는 작업에 착수했을 때였다.

심상찮은 냄새가 계속해서 나기는 했지만 오랫동안 청소도 않고 비워둔 집이어서 그러려니 여겼던 그녀의 자식들 중 첫 번째 자식이 붉은색 바탕지와 다갈색 띠지로 맵시 있게 마무리해서 봉황문양을 붙인 뒤주를 무심코 열어보았다. 그리고 그 속에서 석 달 동안 꽤 썩은 그녀가 웅크리고 앉아 있는 것을 발견했다.

"그런데 말야, 참 이상했어."

그녀의 뼈를 강물에 뿌리고 돌아오는 장의차 안에서 그녀의 첫 번째 자식이 나란히 앉은 순규에게 말했다.

"뒤주 속에 엄마가 앉아 있는데, 하나도 무섭지 않았어. 팔꿈치를 겨드랑이에 착 붙이고 상체를 구부려 입으로 뭘 집으려는 자세였는데, 그게 꼭 새 같았다니까."

그녀의 첫 번째 자식은 그녀의 자세를 잘 보여줘야 되겠다는 듯이 두 팔꿈치를 겨드랑이에 착 붙이고 상체를 구부린 다음 입을 쑥 내밀었다.

그 자세가 어느 날 꿈에 보았던 그 날개 접은 새 같다고, 순규는 콧물이 멈추지 않는 그녀의 세 번째 자식을 돌아보면서 생각했다.

바람꽃

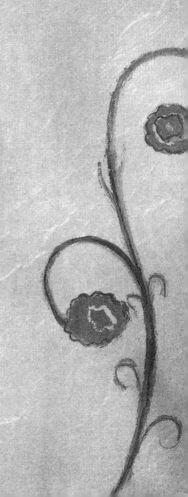

외로움은 자유로운 자의 것이다.

—추지영의 그림 〈바람꽃〉에 붙여

1.

분명히, 상희였다. 쥬디스태화 정문 옆 벽에 오른쪽 다리를
니은자로 꺾어 세우고 핸드폰 액정화면을 들여다보고 있는 여
자는.

감색 체크무늬 셔츠와 품 넓은 카디건, 꽉 끼는 청바지는 여
러 가지 색과 무늬로 출렁이는 번화가에서 눈에 띄는 차림새가
아니었다. 그러나 도시 속에 흡인된 흐릿한 햇살처럼 자극적이
지 않은 밋밋함이 오히려 눈길을 끌었고, 나는 단박에 그녀를
상희라고 생각해버렸다.

기둥이나 벽이 보이면 상희는 등과 엉덩이를 벽에 밀착시키고 오른쪽 발을 니은자로 꺾어 기대는 버릇이 있었다. 상희가 아닌 다른 여자가 우연히 그런 자세로 서 있었을 수도 있었지만 여자가 상희라고 판단해버린 것은 그녀가 굽이 낮은 앵클부츠를 신고 있었기 때문이기도 했다.

상희는 늘 굽이 낮은 앵클부츠만 신었다. 그녀의 신발장에는 내가 알기로 앵클부츠가 열 켤레쯤 있었고, 모두 검정색이었다. 발목을 폭 감싸게 되는 그녀의 앵클부츠는 대개 신고 벗을 때의 편리를 고려한 듯 지퍼나 단추, 끈이 달려 있었다. 그중 한두 개는 재료의 신축성을 이용해 신고 벗으라는 듯 끈이나 지퍼 같은 것이 생략되어 있기도 했다.

늦은 사월의 저녁이었다. 초량에서부터 제대로 속력을 내지 못하던 차는 범내골 교차로를 통과해 교보문고 앞에 이르자 더욱 느려졌다.

두 달 전부터 아내와 함께 듣기 시작한 영어회화 CD를 켜놓고 느릿느릿 앞차의 꽁무니를 따라가던 나는 쥬디스태화 앞에서 습관적으로 고개를 돌렸다.

그곳을 지날 때면 무심한 듯 고개를 돌려보는 습관이라면 습관이 되어버린 그 행위 속에는, 언젠가는 상희가 거기 서 있을 것이라는 희미한 믿음이 실려 있었다. 그리고 마침내 그녀를 발견한 것이었다.

뚜렷한 이유도, 말 한마디도 없이 사라진 그녀가 열두 번의
달이 지나간 뒤에 왜 다시 나타난 것일까. 햇빛이 조금 남아 있
는 거리에 그녀의 잔영 같은 전깃불이 하나씩 켜지기 시작했다.

바람이 불고 있는지 그녀의 머리카락이 한 번 출렁이다 가라
앉았다. 곧 오월이 올 텐데도 봄이 다 지나가버린 것처럼 손바
닥이 따끈하게 데워져 있었다.

고개를 앞으로 돌린 다음 앞차의 브레이크 등이 켜지는 순간
에 반사적으로 페달을 밟으면서 동보서적을 지났다. 제일은행을
지나고 서면교차로를 통과할 때까지 나는 뒤돌아보지 않았다.

따지고 보면 그녀가 상희였는지 아니었는지는 확실하지 않았
다. 그러나 내가 그녀는 '상희'라고 생각해버렸으므로 그녀는
상희였다. 쥬디스태화 정문 앞에 서 있던 검정색 앵클부츠를 신
은 여자가 상희라고 믿어버린 그 순간부터 내 머릿속에서는 호
루라기 소리가 들리기 시작했으니까.

2.

저녁을 먹고 단지 뒤 숲으로 가면서 나는 오래전 희미해진 상

희의 호루라기 소리를 기억해내려고 크게 팔을 휘저었다. 하나 둘, 하나 둘. 호루라기 소리에 맞춰 제식 훈련을 받듯이, 또는 일렬횡대로 늘어서서 행군을 하듯이 말이다.

저녁 숲길은 한적했고 바람 속에서 여러 종류의 향기가 났다. 숲이 깊어지고 길이 가팔라지는 곳까지 가야겠다고 생각하면서 나는 힘껏 팔을 휘저으며 걸었다.

호루라기를 입에 물고 시작한 하루가 호루라기를 입에서 떼는 것으로 끝났을, 밥을 먹을 때도 목에 호루라기를 걸고 있었을 젊은 아버지의 모습을 상상하면서 나는 많은 밤을 진저리치며 돌아눕곤 했었다.

군대 교관이었던 아버지에게 호루라기는 교사의 분필과 같은 직업적 기호였다. 아마 나는 엄마 뱃속에서도 호루라기 소리를 들었을 것이다.

아주 어렸을 때는 높고 날카로운 소리를 내는 것이 신기해서 그것을 불게 해달라고 떼를 쓰기도 했다지만, 나는 호루라기 소리를 듣기만 하면 머릿속이 텅 비어버리는 기이한 중학생이 되었다.

길을 가다가도 교통정리를 하고 있는 경찰관의 호루라기 소리를 들으면 초록색과 빨간색을 분간할 수 없을 만큼 분별력을 잃어버렸으며, 호루라기 소리에 갑자기 동작을 멈추기도 했다.

호루라기에 대한 신경증적인 반응은 아버지가 군대를 예편하고 고등학교 교련선생으로 부임하게 된 것과 무관하지 않았다.

예편을 할 때 무슨 불미스러운 일이 있었는지 알 수 없었지만 군인이 아니게 되면서 아버지는 더욱 군인다워졌다.

일어나는 시간을 군대 기상 시간에 맞추라든가, 세 끼니는 꼬박꼬박 밥으로만 먹어야 한다든가, 교복을 입지 않고는 집 밖을 나가지 못하게 한다든가, 막 익히기 시작한 팝 가수들을 모조리 마약중독자로 치부하는 등의 여러 금기는 주로 호루라기를 통해 이루어졌다.

퇴역군인의 호루라기식 인생 운용에 대해 내가 할 수 있는 대응이라고는 고작 아버지와 비슷한 부류의 퇴역군인이 교련선생으로 있는 고등학교에 다니느니, 영도다리 난간에 기어 올라가서 찰랑대는 바닷물에 몸을 던져버리는 편을 택하겠다는 자학적인 중얼거림이나 터뜨린 정도였다.

연합고사를 치르던 그해 고등학교에서의 교련수업을 폐지한다는 희소식이 날아들었다. 아버지는 졸지에 실업자가 되었다. 그런데 그것으로 끝이 아니었다. 아버지는 호루라기를 계속해서 불기 위해 퇴역 군인들로 이루어진 교통봉사단원이 되었으니까.

연금과 퇴직금으로 생활하기 시작하면서 아버지는 호루라기가 필요한 곳이라면 어디든지 달려가는 봉사단원으로 살았다. 운동회가 열리는 초등학교 교문 앞, 정지 신호를 무시한 차들이 뒤엉키는 사거리나 교차로, 팔도의 물품들이 진열된 고수부지 난장, 졸업식과 입학식 때의 중고등학교 교문 앞 등 아버지는 본능적인 감각으로 호루라기가 필요한 장소를 찾아냈다.

군복처럼 주름을 잘 세운 유니폼에 주렁주렁 술과 포장을 매달고서 사거리나 교차로에서 의기양양 팔다리를 휘두르고 있는 아버지를 보지 않으려고 나는 대학에 들어감과 동시에 셋방을 얻어 집을 나갔다. 몇 년 뒤 엄마가 죽었지만 아버지는 호루라기와 함께 잘 살았다.

그 호루라기를 다시 만난 것은 재작년이었다. 경찰에서 다급하게 찾는 전화가 왔다. 몸이 불편한 데다 정신도 온전치 못한 노인이 제멋대로 교통정리를 하는 바람에 교통체증이 일어났는데, 이를 보고 몹시 분개한 운전자 중의 한 사람이 신고를 한 것이라 했다.

신고를 한 운전자로부터 얻어먹은 욕을 몽땅 내게로 돌려놓느라고 경찰관은 한참 동안 흥분을 가라앉히지 못했다. 벌써 여러 번 그런 일이 있었다 했다. 오늘은 이곳, 내일은 저곳, 아버지는 여전히 호루라기와 함께 살고 있었다.

정신이 오락가락하는 노인네를 내버려두고 자식이란 사람이

어찌 그리 무심하냐는 핀잔을 실컷 들었다. 파출소를 나와서 아버지를 길에 세워두고 나는 돌아와 버렸다. 아버지에게도, 호루라기에게도, 그리고 나 자신에게도 화가 났다.

그런데 상희는 달랐다. 호루라기 불어봐. 얼마나 재밌다고. 내게 있어서 호루라기는 불행 자체라고 설명했지만 그녀는 믿지 않았다. 그럴 리 없어. 호루라기 때문에 불행해지다니. 호루라기 때문에 행복해질 수도 있다는 걸 내가 가르쳐줄게.

나무의 수액 냄새와 꽃 냄새에 섞여 한층 선명하고 발랄해진 머릿속 호루라기 소리 덕분인지 한 시간을 넘게 걸었는데도 고단하지 않았다.

달은 휘영청 밝았고, 구불구불한 등산로를 따라 집어등 같은 외등이 일정한 간격을 두고 서 있었다. 멀리서 보면 키가 큰 아파트 건물에 가려 보이지 않던 길이 산을 넘고 있었다. 산을 넘자 예기치 않은 손님처럼 큰길이 나왔다. 길 아래로는 낡고 오래된 집들이 죽 늘어서 있었다.

터덜터덜 큰길을 따라 걷다가 나는 문득 걸음을 멈췄다. 밤새도록 걸어도 좋을 만큼 머릿속에서는 계속해서 호루라기 소리가 들려오고 있었다. 걷다가 이 도시를 떠나 아주 먼 곳에 가 있을 것 같았다.

크게 휘젓던 팔을 거두고 어쩐지 조금 더 가팔라진 듯한 산길을 걸어 내려오면서 나는 마침내 팔 대신에 머리를 저었다.

아마도, 그녀는 상희가 아니었을 것이다. 비슷한 옷차림, 비슷한 키, 비슷한 자세, 비슷한 앵클부츠를 신고 있기는 했지만 이 커다란 도시에서 그렇게 차려입은 사람은 아주 많을 것이니까.

그렇지만 그녀가 정말 상희였다면? 나는 불현듯 조바심을 내면서 주머니 속에서 핸드폰을 꺼냈다. 아직 지우지 못하고 있는 그녀의 전화번호를 찾아 버튼을 눌렀다.

발신음이 네 번 울린 뒤에 낯선 남자의 목소리가 흘러나왔다. 뭐라고? 짜샤, 어따 걸었어?

거칠고 사나운 목소리를 듣자 나무 수액과 꽃 냄새에 힘입어 부드럽고 경쾌해져 있던 머릿속 호루라기가 삐이익 날카로운 소리를 냈다.

그녀가 떠난 뒤 수십 번도 더 그 전화번호를 눌렀다. 외등 가까이로 바짝 다가가서 핸드폰을 들이대고 전화번호부 버튼을 누른 다음에 나는 상희라는 이름을 찾아내 삭제했다. 그리고 천천히 밤 산길을 걸었다.

머릿속에서 하나 둘, 하나 둘 구령을 붙이던 호루라기 소리가 들리지 않았다. 상희라는 이름을 리스트에서 삭제하는 순간, 머릿속 호루라기의 환청도 함께 사라져버렸다. 팔다리는 제멋대로 흔들렸고, 허벅지와 종아리는 무거워졌다.

그러나 누군가 뭐라고 말을 걸기만 해도 그 말이 머릿속에서 날카롭고 신경질적인 호루라기 소리로 변해 모든 동작과 생각을 재생할 것 같았다.

그녀를 처음 만난 재작년의 봄이 한 장면씩 다가왔다.

아버지의 호루라기 행각이 부쩍 잦아진 이후로 걸핏하면 걸려오곤 하던 경찰관의 전화가 그날도 걸려왔다.

일을 하다 말고 투덜거리면서 경찰관이 일러준 파출소를 찾아갔다. 뼈다귀만 남은 팔다리를 휘저으며 제멋대로 교통정리를 하고 있었을 아버지 때문에 혼란에 빠진 운전자나 보행자가 신고를 했을 테고, 경찰은 아버지의 목에 걸린 펜던트에서 내 전화번호를 찾아냈을 것이다.

어쨌든 미안하다는 말을 정중하게 하고 아버지를 돌려받아서는 국밥이나 한 그릇 사주고 헤어질 작정이었다. 그랬는데 파출소에는 아버지 대신에 쪽지가 하나 남겨져 있었다. 무슨 물품을 챙겨가듯이 문상희라는 사람이 아버지를 챙겨간 것으로 되어 있었다.

문상희. 낯설었다. 내 성은 아버지와 마찬가지로 권(權)이었으며 엄마의 성은 김(金)이었다. 어떤 이유에선지 모르지만 동생도 형도, 누나도 없었다. 외삼촌이 한 분 있다고는 했지만 어릴 때 몇 번 본 기억만 희미하게 남아 있었다.

나는 문상희라는 사람이 써놓은 인수증을 들고 사무실로 돌아왔다. 누군가 아버지를 데려갔다면 그것으로 일은 끝난 것이라고 생각해버렸다. 호루라기를 불어대는 일만 아니라면 사는데 아무 지장이 없는 아버지였으니까.

아버지가 혼자 사는 집은 엄마가 함께 살고 있을 때와 마찬가지로 깔끔했으며, 김치를 비롯한 밑반찬이 냉장고에 차곡차곡 들어 있었고, 일일이 손으로 빤 세탁물은 속옷까지 말끔히 다리미질 된 상태로 잘 정리되어 있었다.

경찰관은 '정신이 온전치 않은' 이라는 수식어를 들이댔지만 호루라기를 불고 있는 한 아버지는 결코 정신이 이상해지지 않을 사람이었다.

퇴근 무렵에야 별로 내키지는 않았지만 인사라도 하려고 문상희라는 사람에게 전화를 걸었다. 뜻밖에 앳되고 맑은 여자의 목소리가 들렸다. 그녀는 아버지와 함께 있으며, 앞으로도 함께 있어줄 용의가 있다고 묻지도 않은 말을 곁들였다.

그제야 나는 아버지에게 종신연금과 퇴직금의 일부가 남아 있다는 지극히 상식적인 수준의 염려에 붙들려서 퇴근시간을 앞당겨 아버지의 집으로 달려갔다.

현관에 굽이 낮고 검정색인 앵클부츠가 놓여 있었다. 키는 작았지만 호리호리했고, 스물일곱이나 여덟, 아니면 서른을 조금 넘겼을지도 모를 여자가 음전한 눈으로 쳐다보았다. 그녀가 긴 머리를 슬쩍 손으로 쓸어넘겼다. 눈물이 고인 듯 맑은 눈이었다.

나는 갖가지 의심과 의혹을 실은 눈으로 그녀를 노려보았다. 너, 뭐야? 그녀의 눈꺼풀이 도르르 말리듯 올라갔다. 몹시 크고 두 겹의 꺼풀이 진 눈이었다. 내 이름은 상희야. 문상희.

태도나 표정이 너무나 담담하고 자연스러웠다. 혼자 사는 늙은 남자에게 엉겨붙으려는 파렴치한 여자라고 하기엔 너무도 깨끗한 얼굴이었다.

그러나 상식을 넘어서는 가능성에 대해서는 생각하고 싶지 않아서 나는 최대한 불쾌한 표정과 동작으로 소리쳤다. 당장 나가! 나가라고!

어깨를 으쓱하며 숄더백을 집어드는 그녀의 목에 눈에 익은 호루라기가 걸려 있었다. 아, 이거? 아저씨한테 얻었어. 소리 좋던데.

그녀는 호루라기에 머물러 있는 내 눈길을 금방 알아차리고는 그것을 입에 대고 힘껏 불었다. 날카롭고 맹렬한 호루라기 소리를 토해낸 그녀가 현관문을 열고 마당으로 내려서며 말했다. 아저씨, 나 갈게. 내일 거기서 봐.

나는 대문 어귀까지 따라나가서 그녀가 한 박자씩 끊어서 호루라기를 불면서 총총 골목을 벗어나는 것을 지켜보았다.

그녀가 불고 있는 호루라기는 아버지의 것이 분명한데도 소리만큼은 아버지의 것과는 확연하게 달랐다. 아버지의 호루라기는 내 동작과 생각을 유보시키거나 중단시키는 신경증적인 것이었지만, 그녀의 호루라기 소리는 경쾌하고 발랄하며 또한 부드럽게 마음을 쓰다듬는 듯한 울림이 있었다. 야릇한 여운이 내 머릿속에 새겨졌다.

그 여운 때문인지 나는 한결 차분해져서 아버지에게 물었다. 누구예요, 저 여자? 아버지가 엉거주춤 턱으로 거실 끝의 주방에 놓인 식탁을 가리켰다. 두 사람이 밥을 먹었는지 식탁에는 밥공기 두 개와 물컵 두 개, 숟가락 두 벌과 국그릇 두 개가 놓여 있었다. 조심하세요, 젊은 여자는. 아시죠?

아버지가 굽은 등을 보이며 슬그머니 돌아섰다. 거실 바닥에 깔아놓은 면패드 위에 앉아서 텔레비전 리모컨을 만지작거리다가 나는 일어섰다.

그녀의 호루라기 소리를 되새기느라고 잠을 설쳤고, 뭔지 모를 기이한 느낌에 사로잡혀 한나절을 보냈다. 그녀가 아버지와 함께 있다는 사실에 몹시 불안하고 초조했다.

다음날 점심시간, 나는 파출소에서 가져온 인수증을 꺼내놓고 거기 적힌 핸드폰 번호를 눌렀다.

두 번째 발신음이 채 떨어지기도 전에 전화를 받은 그녀는 명랑한 목소리로 무슨 일이야? 하고 물었다. 지금 만나야겠다고 하자 그녀가 재잘대는 투로 장소를 일러주었다.

개금사거리에서 좌회전으로 차를 꺾어 백병원이 보이는 오르막을 오르자 어디선가 희미한 호루라기 소리가 들려왔다.

산비탈 동네를 가로질러가는 산복도로와 백병원으로 올라가는 가파른 길이 교차하는 지점이었다. 손바닥만 한 교통섬을 중심으로 횡단보도 노면표지가 세 군데 하얗게 그어져 있었고, 횡단보도가 없이 또 세 갈래로 갈라지는, 여섯 갈래 길이 기묘하게 얽혀 있는 곳이었다.

사람과 차의 통행은 많지 않았지만 여차하면 차와 사람이 엉겨버릴 소지가 충분한 장소였다. 이런 기막힌 곳을 어떻게 찾아냈을까 혀를 내두르는 사이, 등이 굽고 깡마른 몸에 기이하게 달라붙은 유니폼을 입은 아버지의 모습이 먼저 눈에 들어왔다. 허위허위 팔다리를 휘두르고 있는 모습을 먼발치로 확인하고서 나도 모르게 미간을 찌푸리며 차를 세웠다.

뒤틀린 사지로 허공을 찌르고 있는 아버지의 동작은 차마 보기에 민망했다. 자코메티의 조각품을 달리가 일그러뜨린다면 바로 저런 모습이 아닐까 싶을 만큼, 아버지의 굽고 깡마른 사지는 허우적과 흐느적 사이를 오가고 있었다.

내가 아버지에게서 눈을 뗄 수 없었던 것은 그 옆에서 착 달라붙는 스웨터를 입고 앵클부츠를 신은 그녀의 부드럽고 육감적인 자태 때문이기도 했다. 볼록하게 솟은 가슴과 엉덩이, 길고 가는 목과 허리 그리고 팔이 의기소침하고 일그러진 아버지의 모든 동작을 감싸듯이 둥글고 넓게 원을 그리고 있었다.

나는 홀린 것처럼 그녀를 쳐다보았다. 팔과 다리를 움직일 때마다 그녀의 겨드랑이와 가랑이 사이에서 요기(妖氣)가 뻗쳐나오고 있었다. 그녀가 뿜어내는 요기는 은은했으나 은은함으로 인해 더욱 강렬했다. 불끈 몸 한가운데의 그것이 일어서는 것 같아서 정신이 아득해지려는 순간, 그녀가 나를 발견하고 달려왔다. 그녀가 달려오는 뒤로 움찔 놀라며 동작을 중지하는 아버지의 모습이 보였다.

그녀를 차에 태우고 나는 산복도로를 달려 한갓진 골목 어귀에서 멈췄다. 도대체 정체가 뭐야, 하고 나는 물었다. 어깨를 으쓱하면서 그녀는 함께 호루라기를 불게 됐지, 하고 대답했다.

그녀의 대답은 명료했으나 몹시 황당했다. 나더러 그 말을 믿으란 거야? 보아하니 아직 나이도 어리고 몸도 쓸만한데, 좀 그럴듯한 상대를 고르지 그래? 나는 그녀가 모욕감을 느낄 수 있도록 최대한 속되게 말했다.

내가 뭘 어쨌다고 그래? 아저씨 혼자 호루라길 불고 있어서 좀 도와준 것뿐이야. 도와주다 보니까 재밌더라고. 그래서 같이 논 거고. 뭐가 잘못됐어? 시끄러. 어디서 어떻게 굴러먹었는지 모르지만 좋게 말할 때 꺼져줄래? 자식에 손주까지 있는 사람이야. 그게 나랑 무슨 상관인데? 너, 부모가 있긴 하냐? 도대체 몇 살 때 가출했냐? 난 가출 안 했어. 멋대로 생각하시지. 아무튼 난 아저씨랑 놀 거야. 내가 네 친구냐, 꼬박꼬박 반말하게. 넌 왜 반말하냐?

한참 동안 그렇게 옥신각신했다. 나는 화가 치밀어 어쩔 줄 몰라 했지만 그녀는 끝까지 차분했다. 아저씨와 호루라기 불면서 놀 거라고 소리치는 그녀를 나는 차에서 거칠게 끌어내렸다.

산길이 끝나고 출발 지점으로 돌아온 나는 길섶에 아무렇게 주저앉아 한참 동안 멍하니 앉아 있었다. 깊어진 밤이 숲 냄새를 머금은 채 땅속으로 가라앉고 있었다.

3.

이튿날 아침 아내는 밤늦게 축축해진 몸을 이끌고 기진맥진한 채로 돌아온 나를 걱정했다.

상희의 일을 알 리 없는 아내여서 나는 국그릇에 잠자코 수저를 담갔다.

"정 맘이 편치 않으면 거기라도 다녀오지 그래요?"

아내가 덧붙였다.

"어젯밤 나도 꿈자리가 뒤숭숭하더라고요. 차라리 제사를 지내는 게 낫지 않았을까 싶기도 하고."

입으로 가져가려던 수저를 나는 슬그머니 내려놓았다. 그랬구나. 쥬디스태화 앞에 상희가 나타난 것은 우연이 아니었구나.

사월의 마지막 날을 하루 앞둔 어제, 아버지가 죽은 지 꼭 일년이 되는 날이었다. 작년 이맘때 장례를 치르고 나서 나는 아내에게 제사 같은 거 지낼 것 없이 아버지를 깨끗이 잊어버리라고 했다.

아버지는 이미 잊힌 지 오래였으므로 새삼스러울 것도 없었지만 그렇게 다짐을 놓은 까닭은 상희까지도 마음속에서 지워버려야겠다고 결심한 때문이었다.

상희와 헤어질 수 있을지 어떨지 알 수 없었지만 그렇게 다짐하고 넘어가야 했다. 제사 안 지내면 나야 좋죠. 결혼식 때 얼핏 본 뒤 얼굴도 기억하지 못할 만큼 소원해져 있던 시아버지였으니 아내는 별다른 소회가 없을 것이다. 그런 아내에게서 뼈를 흩은 곳에라도 다녀오라는 말을 듣는 순간, 나는 약간의 죄책감을 느꼈다.

　아버지의 집에서 처음 만난 이후로, 그리고 백병원 앞에서 그
녀와 원색적인 다툼을 벌인 이후로 나는 자주 아버지의 집을 찾
았다. 아버지와 상희를 떼놓아야 한다는 생각에서 시작한 일이
었지만, 어느새 그녀를 원룸까지 태워다주기도 했으며, 그녀의
권유에 따라 커피나 홍차 같은 것을 한 잔씩 얻어 마시기도 했
다. 나는 차츰 아버지를 만나기 위해서가 아니라 그녀를 만나기
위해 틈을 내고 있었다.

　세상에는 높여서 불러야 할 어떤 것도 존재하지 않는다고 단
언하면서 그녀는 아버지에게나 내게 무조건 반말을 뱉었다. 거
북하고 짜증스럽던 그녀의 말버릇이 조금씩 귀에 익을 즈음에
나는 그녀와 함께 모텔에 갔다.

　그녀의 몸은 웅숭깊었고 차가웠지만, 나는 아주 뜨거워져서
그녀 안으로 들어갔다. 그리고는 거칠게 그녀를 흔들며 소리쳤
다. 너, 아버지와 잤니? 잤지?

　모조지처럼 하얗게 그녀가 웃었다. 그랬으면 어쩔 건데? 나는
다시 한 번 그녀를 흔들었다. 말해줘. 제발…. 나는 아버지가 사
정없이 늙어 있다는 사실은 생각조차 하지 못한 채 그녀를 닦달
했다.

　아버지를 처음 발견했을 때 그녀는 마치 고물상에서 괜찮은

중고물건을 발견한 것처럼 기뻤다고 했다. 실제로 그녀는 남들이 내다버리기는 했지만 어쨌든 자신에게는 유용한 중고물건처럼 아버지를 다뤘는데, 그 태도는 친절하고 다감하며 또한 신중했다.

그녀를 대하는 아버지의 태도 또한 이상하리만치 담담했다. 호루라기를 같이 부는 사이, 그 이상도 이하도 아니야. 그녀는 아버지와의 관계를 단순하고도 명료하게 정리했다.

내게는 아버지도 엄마도 없었어. 아마 있기는 했겠지만 그건 중요한 게 아냐. 중요한 건 내가 이렇게 살아 있다는 거지. 아저씨가 사거리에서 호루라기를 불고 있는 걸 봤을 때, 문득 그 생각이 더욱 간절해졌지 뭐야. 맞아, 난 살아 있구나. 내가 살아 있다는 걸 깨우쳐주려고 아저씨가 호루라기를 불고 있다는 생각이 들었지. 아저씨한테 달려가서 같이 호루라기를 불고 싶다고 말하려는데 경찰관이 와서 아저씰 데려가더라고. 하는 수 없이 따라가서 아저씨를 데리고 나왔지. 그게 전부야. 아저씨와 같이 호루라기를 불고 있으면 뭔가 생생한 느낌이 들거든.

상희 생각에 골몰한 채로 나는 잠자코 아내를 바라보았다.

"아무래도 그래야 할까 봐. 마음이 편칠 않네. 이민 가게 되면 영영 못 올지도 모르는데."

아내에게 얼버무리고는 일부러 한숨까지 내쉬었다. 출근해서

한 시간쯤 일을 본 다음에 사무실을 나왔다. 어제가 처음 돌아
오는 아버지의 제삿날이었고, 그래서 산소에 다녀오고 싶다는
말을 윗사람은 쉽게 받아들여주었다. 몇 군데 전화를 걸어 하루
치 일과를 대충 마무리 짓고 지하주차장으로 내려갔다.

시동을 걸고 사이드브레이크를 내렸다. 중앙로에서 좌천동과
범내골을 거쳐 교보문고 앞에 이르자 오른쪽 차선으로 접어들
어 속력을 늦추었다.

쥬디스태화까지는 불과 백여 미터. 느릿느릿 그 거리를 움직
이는 동안 가슴 한가운데서 잔잔하게 풍랑이 일기 시작했다.

쥬디스태화 정문 앞 길가에 차를 세우고 고개를 내밀었으나,
어제 그 자리에 니은자로 다리를 꺾고 서 있는 그녀는 보이지
않았다.

4.

시가지를 벗어난 차가 교외를 달리기 시작했을 때야 나는 하
늘을 쳐다보았다.

해마다 찾아오는 황사를 머금은 하늘은 이른 오후를 무겁게
덧칠해놓고 있었다. 바람이 부는지 나무들의 부드러운 가지들

도 자주 출렁거렸다.

고속도로 톨게이트를 빠져나와 국도를 달린 지 삼십 분 만에 나는 아버지의 뼈를 흩은 함박산 자락에 이르렀다.

산중턱까지 나 있는 농로가 산길과 만나는 지점에서 오백 미터를 전진한 다음에 차를 세웠다.

아래로 나무와 수풀이 움푹하게 가라앉은 골짜기가 보였다. 아버지가 그곳에 흩어지기를 원했는지 어땠는지 나는 알 수 없었다.

아버지의 숨이 끊어질 것 같다는 전화를 받고 원룸으로 가서 구급차를 불렀을 때, 장례식에는 참석하지 못할 것 같다며 상희가 전해준 봉투 속에 그곳의 약도가 들어 있었다.

상희가 그린 것인지 아버지가 그린 것인지 모르지만 나는 그곳에 아버지를 흩어주기로 했다. 마지막으로 아버지에게 예의를 표하고 싶었던 것인지, 그동안 아버지를 돌봐준 데 대한 고마움의 표시로 그녀의 의견을 들어주기로 한 것인지는 확실하지 않았다.

해운대 어디, 이름도 생소한 어느 곳에 새벽부터 나가 예의 교통정리를 하던 아버지가 차에 치었다는 소식은 상희에게서 왔다. 어떡해. 아저씨가 많이 다쳤어. 내가 같이 나갔어야 했는데 그만 잠들어버렸지 뭐야. 아무튼 굉장히 졸렸거든.

어느 정도 예상하고 있던 사고였으므로 나는 별로 허겁지겁하지 않고 병원으로 갔다. 아버지를 친 차 주인이 나보다 먼저 그녀에게 연락을 한 까닭은 간호사가 수습해놓은 소지품을 통해서 밝혀졌다.

내가 만약의 경우를 대비해 걸어준 펜던트 대신에 아버지는 상희가 만들어준 팔찌를 가지고 있었던 것이다. 팔찌에는 상희의 연락처와 이름이 새겨져 있었다.

허리가 부러지고 머리가 깨진 아버지는 넉 달 동안 입원해 있다가 상희의 원룸으로 옮겨졌다. 하루에 한 번씩 문병을 오던 상희가 그렇게 하는 편이 좋겠다고 말했기 때문이었다.

썩 내키지는 않았으나 어쨌든 아버지를 돌볼 누군가가 필요했으므로 나는 상희에게 간병비를 내겠다고 했다. 그래도 좋지만 안 그래도 돼.

마음이 변하면 언제라도 알려달라고 하자 그녀는 어깨만 으쓱했다. 그럴 리 없어. 아무튼 이젠 아저씨 호루라기 소리를 들을 수 없게 됐네.

간병인을 붙여두었지만 자주 가봐야 한다는 핑계를 대고 나는 상희를 만나러 다녔다. 상희는 더 이상 호루라기를 불 수 없게 된 아버지를 대신해서 매일 아침 사거리에 나가 한 시간씩 호루라기를 불었다. 그런 다음에는 편의점이나 해물스파게티

집에서 아르바이트를 하고 저녁이 되면 나를 기다렸다.

아버지는 호루라기를 불 수 없게 되었을 뿐 아니라 상희와 나를 알아보지도 못했다. 대소변도 부끄럼 없이 함부로 쌌다. 하루 종일 잠만 자기도 했고 또 어떤 하루는 말똥말똥한 눈으로 알아들을 수 없는 말을 중얼대며 보내기도 했다.

종잡을 수 없이 흐트러진 아버지의 상태는 내게 혐오감을 주었으나, 상희는 그 모든 증상을 담담하게 받아들였다.

마치 어린 아이를 돌보듯이 그녀는 아버지의 기저귀를 갈아주고 몸을 닦아주었으며, 알아들을 수 없는 말들에 역시 알아들을 수 없는 말로 대꾸를 해주기도 했다.

우리는 아버지 곁에서 술을 마시거나 라면을 끓여먹거나 했다. 가끔은 밖으로 나가 스타벅스에 가서 커피를 마시기도 하고, 모텔에도 갔다.

한적한 곳을 만나 상희가 호루라기를 불고 싶어 하면 그렇게 하도록 했다. 아버지가 내게 해준 가장 잘한 일은 그렇게 그녀를 만나게 해준 일이었다.

아버지는 상희의 원룸에서 여섯 달을 더 산 뒤 세상을 떠났다. 때를 맞추어 상희가 기다렸다는 듯이 사라져버렸다. 아내와 이혼할 계획까지 차질 없이 세워두고 있다고 그렇게 말해줬는데도 말이다.

상희가 떠나버린 뒤 혼자 남은 도시에서 아침에 눈을 뜨면 낯선 곳에 막 도착한 듯한 느낌이 들었고, 자주 나쁜 꿈을 꾸었다. 꿈속에서 상희는 아버지와 함께 있었다. 그들은 아주 다정했고, 때로는 벌거벗은 채 뒤엉겨 있기도 했다.

골짜기 양옆으로는 꽤 평평한 넓이로 잔솔과 어린 참나무가 자라고 있었다. 마을은 멀리 고즈넉이 앉아 있었다. 아버지가 원했든 상희가 원했든, 흔적없이 뼈를 흩기에는 맞춤한 곳이었다.

나는 잡목 사이로 난 좁은 길을 따라 조심스럽게 내려갔다. 평지에 걸음을 멈추고 서서 작년 이맘때 한 줌 한 줌 바람에 뼈를 날리던 때를 생각해봤지만 아버지에 대한 그리움은 생겨나지 않았다.

그렇다면 나는 왜 여기 왔을까? 상희가 혹시 이곳에 와 있을지도 모른다는 기대를 하지 않았을까.

나는 먼 곳으로 눈길을 주었다. 하늘은 잔뜩 흐려 있었고, 세찬 바람이 불려는지 보얀 기운이 먼 산에 서려 있었다. 언젠가 상희와 함께 교외로 나갔을 때 비슷한 광경을 본 적이 있었다.

바다 가까운 곳에서 점심을 먹은 휴일 오후에, 호루라기를 불기 위해 한참을 걸어 당도한 산중턱에서였다.

높은 산봉우리 어름에 구름처럼 흐릿한 기운이 서려 있었다. 바람꽃이야. 아주 커다랗게 대기가 흔들리는 걸 그렇게 부른대. 우리나라에선 보기 힘들지만 바람꽃이 피는 곳을 나는 세 군데 알고 있어.

몇 마디를 더 덧붙이고 나서 상희는 하아, 하고 입을 크게 벌렸었다. 저걸 먹으면 하늘에 올라갈 수 있을 것 같은 생각이 들곤 했어. 그녀는 두 팔을 벌리고 바람꽃이 피어난 쪽을 향해 서서 소리쳤다. 여긴 너무 외로워!

상희는 바람꽃을 보러 이곳에 왔던 것일까. 아버지의 뼈를 흩었던 지점에 서서 나는 상희가 그랬던 것처럼 두 팔과 입을 힘껏 벌렸다.

나쁜 취미
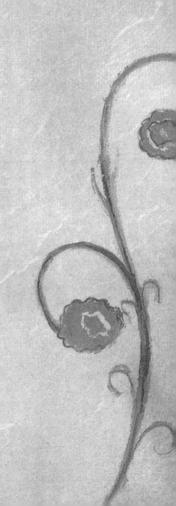

난 죽었지만 죽은 게 아냐.
너와 난 저기 사거리 한가운데 널브러져 있지만
이제 저기 있는 게 아냐.

─가브리엘레 뮌터(Gabriele Munter)의 그림 〈Black Mask with Rose〉에 붙여

딸깍, 도어락이 채워지는 소리와 함께 침묵이 흘렀어. 아침을
문 앞에 내려놓고 똑똑 노크한 다음 돌아서는 그녀를 방으로 밀
어넣는 데 성공한 거야. 그녀는 상황을 얼른 이해하지 못하는
것 같더라.

나는 얼른 등을 문에 기댔지. 얼이라는 게 있어서 공중으로
붕 솟아올랐다면 그것을 재빨리 콧구멍에 집어넣기 위해 아마
도 그녀는 숨을 깊이 들이마셔야겠지.

그녀는 재빨리 얼을 집어넣은 모양이었어. 손잡이를 다급하

게 돌리는 소리와 함께 침착한 목소리가 들렸지. 애야, 왜 이러는 거니? 나는 대답하지 않았어, 제이. 마침내 안은 밖이 되고 밖은 안이 되었으니, 기뻤지 뭐야.

신중하게 공구와 기기들을 사들이고, 안에서 잠그게 되어 있는 도어락을 밖에서 잠글 수 있도록 문자와 메일로 자세히 가르쳐준 거 정말 고마워. 그녀가 저쪽에 있고 내가 이쪽에 있다는 것이 확실해지자 물항아리처럼 출렁거리던 사지가 팝콘처럼 탁탁 튀어 오르는 것 같았어.

내 기분은 그랬는데, 그녀는 쾅쾅 문을 두드리며 소리치더라. 문 열어라 해영아. 해영아아. 해영아아아….

그녀의 목소리는 제법 애절했지만, 난 흔들리지 않았어. 정확히 2년 하고도 2개월 동안, 문의 저쪽에 놓아두었던 몸이 균형감각을 잃고 허둥거렸을 뿐이야.

2년 하고도 2개월 동안 먹고 또 먹은 덕분에 어제 막 100킬로그램을 넘은 몸이 밖에서 균형을 잃게 되리란 건 어느 정도 예상한 일이었어. 그래서 당황하지 않고 턱을 꼿꼿이 치켜들었지. 난 곧 균형을 되찾았어.

그녀는 알지 못했겠지. 그동안 내가 그 작은 방에서 얼마나 부풀고 있었는지 말야. 그동안 자신이 가져다 먹인 음식과, 내가 배달시켜 먹은 음식의 양을 생각해본다면 대충 감이 잡힐 법도 한데 말야. 그녀는 내가 음식을 그대로 변기에 버리거나 아니면 먹은 뒤 토해내서 여전히 깡마른 채일 거라 생각했을까?

그가 사라지고부터 내가 엄청 열심히 먹고 있었다는 걸 그녀에게 알리지 않은 건 잘한 일이었어. 내가 이러거나 저러거나 그녀는 관심이 없었을 테지만, 덕분에 난 그녀가 울부짖든지 애걸하든지 상관하지 않게 됐으니, 잘됐지 뭐야.

안과 밖의 포지션을 바꾸는 데 성공한 나는 거실로 나왔어. 거실에는 그동안 인터넷쇼핑몰에서 사들인 물건들과, 주술적이거나 행운을 기대하는 마스코트들이 빼꼭 들어차 있었어. 나는 그것들의 시작이자 중심인 물소가죽 소파에 앉았어.

비스듬히 들어온 햇살이 물소가죽 소파의 다리를 쓰다듬고 있었어. 따뜻하고 보드랍게, 네 목소리처럼 은근하게. 물소가죽 소파는 내 엉덩이를 잘 안아주었어. 만족스러운 안락함 대신에 물소의 울음소리 같은 것이 잠시 들리는 것 같았지만, 곧 아무 소리도 들리지 않았어.

섬세하고 예민했던 감각을 다 덮어버린 살 때문이겠지. 뼈와 살갗 사이에 지방 덩어리가 채워지면서, 민감하고 활발하게 감각과 감각을 연결하던 뉴런 대부분이 역할을 포기한 때문이기도 하겠지.

뉴런이란 쓸데없이 부지런을 떨어대는 것들이야, 제이. 네 말대로 뉴런이란 부지런할 때보다 게으름을 피울 때가 훨씬 착해. 아프리카 평원에서 뛰놀다 어느 날 갑자기 붙잡혀 뉴런이 절단되었을 물소. 그 물소도 우워어 소리를 내면서 살아 있을 때보다 한 줌의 햇살에 가죽을 내맡기고 동작을 멈춰버린 지금 상태가 편안할 거야.

멈춰버리면 모든 게 끝이라고, 숨을 멈추고, 동작을 멈추고, 감정을 멈추면 된다고. 기쁨을 멈추고, 놀람을 멈추고, 먹는 걸 멈추고, 싸는 걸 멈추고, 흐르는 구름을 멈추고, 자동차를 멈추고, 컴퓨터의 연산을 멈추고, 공무원을 멈추자고, 그들이 멈추지 않으면 내가 멈추자고 난 결심을 다졌어.

그래서 아주 편안한 마음으로 햇살 쪽으로 발을 뻗었어. 발등이 따뜻했어. 물소의 내장에 발을 집어넣은 기분이었어. 물소의 뇌에 손을 집어넣은 기분이었어. 따뜻했을 물소의 내장, 물소의 뇌를 상상했어. 그녀의 자궁에 있을 때 나도 그랬을 거야.

나를 자궁에 담고 있었을 때 그녀는 눈이 작고 턱이 튀어나온 여자아이가 아니기를, 그녀에게 정자를 제공한 그처럼 뭉툭한 코에 다리가 짧은 남자아이가 아니기를 바랐는지 모르지만, 그녀처럼 세상의 모든 물건에 탐을 내고 그처럼 세상의 모든 명예에 침을 흘리는 아이를 바랐는지 모르지만, 그녀의 숨소리와 움직임, 그녀의 감정과 컨디션이 출렁거리는 양수를 통해 내게 전

달되었을 그때 나는 마냥 안온했을 거야. 그녀에게 전적으로 의지한 상태로 안에 계속해서 있었으면 싶었을 테고, 자란 뒤에는 안과 밖이 없는 상태에 이를 수 있을 것이라고 믿었을 거야.

내가 안일 때 그녀가 밖이고, 내가 밖일 때 그녀가 안이 되어서, 안과 밖의 구별이 너무 엄연해서 도대체 어떻게 해볼 수 없는 상태로 그녀와 내가 갈라서게 되리라는 것을 그땐 어디 상상이나 했겠니?

그래서 말인데, 제이. 물소가죽 소파에 앉아서 햇살 속으로 발을 뻗고, 물소의 내장이나 뇌처럼 따뜻했던 그녀의 자궁을 추억하는 동안 나는 잠시 혼란스러웠어. 모든 것을 멈추기보다 그녀와 화해하는 게 낫지 않을까 싶었지. 그녀가 안됐다는 생각이 들었거든. 하지만 곧 혼란을 접었어.

안으로 밀어 넣고 돌아설 때 잠깐 마주친 그녀의 모습이 2년 하고도 2개월 동안 조금도 달라지지 않았기 때문이었어. 내 몸이 만두처럼 부푸는 동안 그녀의 몸도 그렇게 부풀었을 거라고, 코가 낮아지고 눈은 가늘어지고 멜라닌 색소도 침착되고 피부는 탄력을 잃었을 거라고 나는 생각했나 봐.

그런데 그녀는 뽀얗고 야들야들하고 분홍빛이 도는 얼굴이었고, 더욱 크고 깊어진 눈에 기다란 속눈썹을 달고 있었어. 자연 갈색으로 염색된 찰랑거리는 머리카락과 군살 한 점 없이 탱탱

한 등과 팔뚝을 가지고 있었고, 희고 풍만한 젖가슴과 엉덩이와 허리의 곡선을 두드러지게 하는 원피스를 입고 있었지.

자신을 다듬고 가꾸는 일에 전력투구해온 그녀의 눈에는 나에 대한 동정심과 안타까움 대신에 경악과 경멸과 혐오만이 담겨 있어서 혼란을 수습하는 데는 아주 짧은 시간밖에 필요하지 않았어.

만약 그녀가 나처럼 뚱뚱해져서 배가 불룩 나와 있고, 팔뚝의 힘살은 늘어지고, 눈과 입의 꼬리가 처진 데다 주름살도 많고, 절망과 우울로 눈 밑에 깊은 그늘이 져 있었다면 아마도 난 그녀를 용서했을지도 몰라.

그랬다면 넌 어쨌을까? 나와는 상관없이 예정대로 혼자 의식을 결행했을까? 내가 오지 않는 이유에 대해 곰곰 생각하다 배신감에 사로잡혀 의식 집행을 그만뒀을까? 블랙홀처럼 캄캄한 사이버공간에서 너와 내가 만난 것은 유성처럼 빠른 속도로 추락하기 위해서였지만, 혹시라도 내가 약속을 어겨주기를 기대한 건 아니었니?

넌 혼자서라도 기꺼이 사거리에서 의식을 결행했을 거라고 장담하고 싶겠지만, 네 의지를 시험하고 싶은 마음에서가 아니라 우리의 계획에도 일말의 변수가 작용될 여지는 충분히 있었다는 말을 하고 싶은 거야, 나는.

솔직히 변수 없이 진행된 계획에 대해 나는 약간의 처절함을 느꼈어. 모든 우연이 배제된 가운데 필연처럼 마침내 우리는 사거리에서 만났지. 거기서 삶과 죽음의 자리를 바꾸게 될 사태에 대해 조금은 아쉽고 섭섭하고 원망스러운 마음이 있었다고, 그렇게 믿고 싶어.

조금 더 다르게 살 수도 있었을 텐데. 우리가 선택한 안과 우리가 배제한 밖이 날마다 서걱서걱 칼날소리를 내며 부딪칠 때 그 칼날을 막아줄 방패 하나쯤만 있었어도 좋았을 텐데. 그런 마음 같은 건 없었다고 너도 우기진 말았으면 해. 그리고 그녀에 대한 한순간의 동정심을 나무라지 말았으면 해. 난 곧 동정심을 접었고, 그녀가 쾅쾅 문을 두드리며 나를 불러대는 소리에 조금도 흔들리지 않고 집을 나섰으니까.

그리고 여기까지 오는 일이 굉장히 힘들었다는 것도 알아줬으면 좋겠어. 너에게 오려고 택시를 타자마자 난 길들에 대한 두려움에 사로잡혔거든. 그 두려움을 걷어내느라 이를 악물고 주먹을 꽉 쥐어야만 했어.

난 이 도시의 길을 몰랐고, 땅 위에 길이 있듯이 땅 밑에도 길이 있다는 것을 모르고 있었어. 내가 아는 길이라곤 그녀의 승용차 뒷자리에 앉아서 유리창 너머로 바라보던 길뿐이었지. 유리창으로 가려진 그 길에 서 있는 사람이나 건물들, 가로수며 자동차 같은 것들은 밖에서 나를 들여다보고 있었어.

이해하겠니, 제이? 난 길 위에 서본 적이 그다지 많지 않았어. 보도블록이 깔린 길 위에 서서 노란 괭이밥꽃을 본 것이 몇 번 되지 않았지. 이 도시에는 수없이 많은 길이 있지만 내가 제대로 발을 디뎌본 길은 얼마 되지 않아.

넌 이해하지 못할 수도 있겠네. 넌 한 번도 자가용을 타보지 못했다 했고, 학교에 갈 수 있는 날보다 갈 수 없는 날이 더 많았다고 했지. 내가 성형외과에 들락거린 횟수만큼 시간제 일자리를 찾아 거리를 방황했고, 내가 학원에서 꼬박꼬박 졸거나 가늠할 수 없는 상상의 세계에 몰입해 있었던 만큼 봉제인형의 단추를 달거나 퉁퉁 부어오른 다리로 편의점에 서 있어야 했다던 네게, 길에 서툰 내 이야기는 낯설고 황당하게 들릴 수도 있겠네.

내가 다이어트와 성형수술 후유증으로 현기증에 시달리는 동안 종종걸음치며 신문을 돌리고 우유를 배달하고 광고 스티커를 붙이러 다니느라 골목과 골목을 헤집었을 네게 길은 길이 아니라 삶 자체였겠지.

그래서 네 생각을 하며 난 차창 밖으로 스쳐가는 길을 아주 열심히 바라보았지. 길은 사방으로 뻗거나 모퉁이를 만들며 나아가고 있었는데, 문득 그 어느 모퉁이에 네가 막막하게 서 있는 것 같아서 고개를 돌리기도 했어.

내가 꽉 막히고 막다른 길에 내몰려 있었다면 넌 사방팔방십육방으로 뚫린 수많은 길의 한가운데서 흔들리고 또 흔들렸겠지. 택시가 강을 건널 테고, 신시가지 방향으로 뻗은 고가도로를 달릴 테고, 고가도로를 거쳐 세 번째 터널을 지나면 오른쪽으로 빠질 테고, 그 다음엔 좌회전 신호를 두 번 받을 테고, 거기서부턴 사거리들이 시작될 테고, 모두 다섯 개의 사거리가 있는 길이라서 사다리라 부르는 길이 나타날 테고, 우리가 만날 곳은 다섯 개의 사거리가 있는 길에서 두 번째 사거리라서 두 번째 사다리라 부른다고 알려주던 너는, 오래전부터 그 사다리를 타고 마냥 하늘로 올라가고 싶었을지도 모르겠네.

아무튼 난 사거리에 도착했고, 미로 같은 사거리를 바라보며 서 있었어. 은행인지 버짐나무인지 벚나무인지 모를 나무들이 새뜻하게 눈을 흘기며 길의 이쪽과 저쪽을 가리고 있는 모퉁이에서 나는 눈을 깜빡이며 널 찾았지.

신호등은 건너편과 건너편, 또 건너편과 건너편에 있었고, 초록색과 빨간색 불빛이 차례대로 켜졌다 꺼졌다 했지. 네 갈래로 곧게 뻗은 왕복 6차선 도로가 일제히 교차하는 지점에 설치된 신호등은 모두 스물네 개였어. 신호등들은 보행자용과 자동차용으로 나누어져 있었고, 사거리로 진입하는 네 방향에서 각각

3.5미터의 높이에 지름 30센티미터 크기의 눈동자 네 개를 매달고 있었어.

15센티미터 굵기의 알루미늄 기둥의 뿌리에서 시작되는 흰색 노면표지, 보도블록에 뿌리내리고 3미터 높이로 서 있는 보행신호등 같은 것들을 차근차근 훑어보면서 나는 네가 한 말을 떠올렸어.

세상은 모두 길로 이어져 있다고 넌 말했지. 오른쪽으로 가는 길과 왼쪽으로 가는 길이 있고, 곧장 가는 길과 모퉁이를 꺾어야 갈 수 있는 길이 있다고. 몸이 가는 길과 마음이 가는 길이 있다고. 그런데 넌 오른쪽으로 가고 싶지만 왼쪽으로 뻗는 다리, 왼쪽을 가리키고 싶지만 오른쪽을 가리키는 팔을 가지고 있다고. 왼쪽을 쳐다보고 싶지만 오른쪽으로 돌아가는 목, 웃고 싶지만 우는 것처럼 찡그려지는 표정도 네 것이라고 말했지.

너뿐 아니라 나도 예측할 수 없는 방향으로 내닫는 다리, 예측할 수 없는 순간에 내뻗는 팔, 응시가 불가능한 눈동자, 필요할 때 소리를 내지 못하는 기관들을 가지고 있어.

난 사물의 특징적인 징표를 즉각 알아차릴 수 없고, 피로나 가벼움 등의 증상에 대해서도 즉각 반응할 수 없어. 기쁜 마음이 가려는 길을 슬픈 마음이 가로막고, 노한 마음은 바쁜 마음이 가는 길에 장애물을 놓고 있다는 느낌 때문에 늘 가슴이 답답해. 나는 또 부끄러움을 앞질러가는 억울함, 현상보다 뒤늦게 도착하는 감각, 제어되지 않는 기관들로 구성되어 있는 것 같아. 그 사거리까지 당도한 게 기적같이 여겨질 만큼.

사실 난 그곳에 도착하긴 했지만 널 어떻게 찾아낼지 몹시 걱정됐어. 내가 서 있던 귀퉁이에서 대각선으로 마주보이는 귀퉁이에 무릎까지 내려오는 스판바지가 가느다란 다리에 짝 달라붙어 있는 사람을 발견하긴 했지만 그 사람이 너인지 아닌지 자신이 없었어.

목둘레에서 겨드랑이 쪽으로 이음선이 있는 래글런 슬리브 셔츠를 입고 대각선으로 그어진 횡단보도를 걸어와서 두리번거리던 너는 나비처럼 가벼워 보였어. 제이? 마음속으로 널 부르면서도 난 믿을 수 없었어.

넌 평범하고 편안한 차림으로 나섰다고 했지만, 키가 훌쩍 큰데다, 비구니처럼 박박 밀어버린 머리에다, 바싹 말라서 버드나무처럼 하늘거리는 몸을 가진 너는 누구라도 한 번쯤 돌아볼 만큼 특별했지.

그런 네가 내 앞에 멈춰서 약속한 대로 이마를 세 번 두드렸으니, 내가 얼마나 놀랐겠니? 신호에 따라 너와 함께 사거리를 횡단하던 사람들 중 누가 네가 사는 일을 끝장내러 왔다는 사실을 눈치챌 수 있었겠니.

네가 나처럼 뚱뚱하거나, 성형수술과 다이어트의 흔적이 몸 어딘가에 남아 있었다면 그렇게 놀랍진 않았을 거야. 하지만 죽고 싶다는 건 몸만의 문제가 아니니까, 나는 곧 마음을 가라앉혔지. 그리고 우리만의 신호로 이마를 세 번 두드렸지.

제각기 상대방의 모습을 상상하고 있었던 우리는 그 상상이 어긋난 것에 대해 감탄했을지도 모르겠네. 난 파르스름한 네 머리를 가만히 쓰다듬고 싶은 충동을 눌러야 했어. 넌 혹시 내 살이 고무막을 씌운 게 아니라 진짜 피부인지 만져보고 싶지 않았니?

그런 거야 어쨌든 우린 특별히 호들갑스럽게 인사를 나누지 않고 곧장 알루미늄 기둥을 타고 올라갔었지. 넌 참 재빠르기도 하더라. 네가 신호등을 매달고 있는 알루미늄 기둥을 올라가는 모습이 너무나 자연스러웠어.

내 발에 꼭 맞는 젤리슈즈와 암벽 오를 때 사용하는 장갑과 튼튼한 밧줄을 준비해온 건 정말 감동이었어. 나비처럼 날아서, 혹은 원숭이처럼 잽싸게 팔다리를 놀려서 금방 기둥 꼭대기에 다다랐다가, 숨을 몰아쉬며 2미터도 채 오르지 못한 나를 위해 다시 돌아와 준 것도 너무 고마웠어.

비라도 맞은 듯 땀에 흠뻑 젖은 내가 마침내 기둥의 세로 꼭대기에 도달했고, 네 가지 색으로 깜빡이는 눈이 매달린 기둥의 가로에 가까스로 몸을 걸쳤을 때, 넌 희고 고른 이를 드러내며 깔깔 웃었지.

그때 네 모습은 눈이 부셨어. 길고 시원하게 뻗은 콧날, 적당하게 튀어나온 광대뼈, 유난히 도톰한 아랫입술과 삼각형 우물을 만들어내는 목선의 뿌리 같은 것들은 나의 그녀가 내게 무척이나 조성하고 싶어 했던 바로 그 모습이었지. 이목구비의 완벽한 조화 같은 건 아무래도 상관없다는 듯한 그 무심한 표정까지도 말야.

넌 마치 수없이 상상했던 나 같았어. 그녀가 만들고 싶어 하던 나, 거부하고 고통스러워하면서도 궁극적으로는 나도 꿈꾼 나의 모습이 네게서 완벽하게 보이고 있어서, 처음인데도 넌 하나도 낯설지 않았어.

네가 웃으면서 팔을 벌렸을 때 난 웃지 못한 채 가만히 서 있었는데, 내가 팔을 벌리거나 활짝 웃으면 네가 내 속으로 스며들어버릴 것만 같아서였어. 내 속으로 스며들어서, 네가 흔적도 없이 사라져버릴까 봐. 널 정확하게 바라본 뒤에야 문득, 못생기고 키가 작은 나를 예쁜 코르사주나 브로치처럼 만들어보려던 그녀의 노력이 이해되려고 했어.

이젠 길고 깊은 강이 되어 내 머릿속을 흘러가버린 그에 대해서 잠시 말해야겠네.

그는 너털웃음을 잘 웃는 사람이었어. 사치스럽고 허영기 많은 그녀를 너그럽게 봐주던 사람이었는데, 눈이 작고 키가 작고 턱이 튀어나오고 다리가 짧은 나 자신을 함부로 팽개치고 싶을 때마다 토닥거려주던 사람이었는데, 그녀의 호사스런 취미와 내 학원과 성형수술에 드는 비용을 충당하기 위해 아주 열심히 일하던 사람이었는데, 그의 모습이 떠오르지 않아.

그는 언제 내 기억에서 지워졌을까? 나는 그를 오래 기억할 것이라 작정했는데, 그도 가끔 내가 보고 싶을 거라고 생각했는데, 이렇게 지우개로 밀어버린 것처럼 그의 얼굴이 말끔히 지워진 걸 보면 그에 대해선 말하지 않는 게 좋을지도 모르겠어.

물소가죽 소파 대신에 꽃무늬 천을 씌운 소파가 있었을 때, 그가 돌아오면 코맹맹이 소리를 내는 그녀 곁에서 가끔은 꽤 안락한 기분이 들기도 했던 그런 때가 있긴 했지만 어떤 장면에서도 진정한 건 없었어. 대부분의 대화는 그녀의 아름다움을 중심으로 이어졌고, 그 아름다움의 가치를 향상시키기 위한 노력과 그에 따른 비용문제로 귀결됐으니까.

참담하지만 즐거운 척, 황당하지만 당연한 척 무겁게 고개를 끄떡이곤 입을 다물어버리던 그의 표정이 어렴풋이 생각나. 자신감과 오만함으로 똘똘 뭉쳐진 그녀에게 맞서느라 그는 내게 눈 돌릴 틈이 없었을 거야. 그녀는 강철처럼 단단한 심장을 가지고 있었고, 그 심장은 땅땅 날카로운 소리를 내며 그를 노려 보곤 했지.

그녀의 오만함과 허영을 견디는 일에 지칠 대로 지친 나머지 그가 떠나버린 뒤 한참 동안 그녀는 자신이 버림받았다는 사실을 받아들이지 못하겠는지 몹시 화를 냈어. 화난 목소리로 그녀는 여러 악담을 쏟아냈는데, 그 일은 그의 냄새 때문에 견딜 수 없다며 진저리를 치는 일과 함께 진행됐어. 그녀는 공기청정기를 샀고, 탈취제를 뿌렸고, 나무처럼 우람한 산세비에리아 화분을 샀고, 하루에 다섯 번 샤워를 했지. 샤워를 한 그녀는 꽃무늬 천을 씌운 소파에 앉아서 갖가지 향기 나는 성분을 몸에 발랐고, 여러 종류의 안티에이징 프로그램을 실행했지.

이상한 일은 말야, 그렇게 그의 흔적을 지우려고 안달인 그녀에게서 독하고 역겨운 냄새가 났다는 거야. 내가 그 작은 방에 들어가서 문을 잠그고 은둔하기로 작정한 것은 그녀의 냄새 때문이었을지 몰라.

그녀의 냄새는 배설물에다 질 나쁜 석유제품을 섞어놓은 것 같았어. 고약하고 역겨운 데다 기억처럼 잔상이 남는 냄새 때문에 난 아무것도 먹을 수 없었는데, 작은 방에 들어가고 나서야 토하지 않고 먹을 수 있게 됐어.

그가 떠나면서 의무감 때문에 넘겨준 ISP결재권 덕분에 나는 그 방에서 먹으면서 사고, 사면서 먹었어. 먹을 것을 사고, 입을 것을 사고, 가지고 놀 것을 사고, 두고 볼 것을 사고, 사는 가운데 필요한 것을 샀지. 많이 산 날은 많이 먹었고, 적게 산 날은 적게 먹었어. 편안하고 기분 좋았어. 이렇게 살 수도 있는데 그동안 왜 그렇게 살았을까 싶었어.

피부와 뼈 사이에 지방이 쌓이고 나는 방 안에서 뒤뚱뒤뚱 걷게 되었지만 먹는 것과 사는 것을 그만둘 수 없었어. 그녀가 없고, 그녀의 냄새가 없는 안은 너무나 평온했고, 모든 것이 너무 맛있었으니까.

내 식욕을 돋운 건 그녀에게 없는 ISP결재권이 내게만 있다는 사실이었을 거야. 그 결재권은 그녀에게 대항할 수 있는 유일한 무기였어. 그때까지 전적으로 그에게 기대고 살았던 그녀는 쥐꼬리만큼 남은 현금을 금방 바닥내고는 내게 매달리는 신세가 됐지 뭐야.

닫힌 방문 앞에서 그녀는 날마다 구질구질한 요구들을 늘어놓았어. 린스가 떨어졌어, 해영아. 식초 같은 걸로 머리를 헹구면 얼마나 비참한지 아니? 비타민 C와 E는 매일 먹어야 하는 피부음식이야. 내가 쏟은 정성을 생각해서라도 네가 이러면 안 되지. 조금이라도 양심이란 게 있다면.

자신의 몸이 무관심하게 방치되고 있다는 절망감에 사로잡힌 그녀는 비굴함도 마다하지 않았어. 고양이 같은 소리를 내며 그녀는 내 기분을 상하지 않게 하려고 애썼지. 그 모든 것이 너무나 역겨웠어. 그녀의 끝없이 이어지는 일방적인 요구가 얼마나 오래 나를 망가뜨리고 있었는지 따지는 일조차 하고 싶지 않을 만큼.

그녀는 알지 못했을 거야. 그녀가 주도한 다이어트 때문에 내가 오랫동안 현기증에 시달렸고, 그녀에 의해 시도된 여러 번의 성형수술 때문에 내 턱뼈는 항상 시렸다는 것을 말야. 눈꺼풀은 뒤집어진 채 내려오지 않아서 내 안구는 늘 건조했고, 코에서는 시큼한 냄새가 쉬지 않고 난다는 것을, 그녀는 알지 못했을 거야.

그녀가 만든 괴물이었던 나는 그녀에게 괴물처럼 구는 일에 아무런 죄책감도 느끼지 않았어. 그녀가 미친 듯이 화를 내면 기분이 좋았고 그녀가 울부짖으면 기쁜 웃음을 터뜨렸지.

화를 내고, 욕하고, 제대로 먹지 못하고, 화장품도 살 수 없다면 그녀도 나처럼 생겨먹게 되리라 생각했지. 나는 그녀를 지배하게 된 기쁨에 취해서 명령을 내리는 데 열중했어. 그녀를 위해서가 아니라 내 기분대로 물건을 사고, 그녀로 하여금 그것을 팔아 오라는 명령 말이야.

그녀는 너무나 억울해했지만 어쩔 수 없다고 판단했는지 노력하기 시작했어. 남들보다 훨씬 더 우아하기에 기품 있게 살 권리를 내세웠던 그녀는 자질구레한 물건을 팔아서 화장품을 사고 미장원에 가야 한다는 사실에 치를 떨었어. 그래서 그녀는 그동안 나의 행복을 위해 자신이 기울인 노력에 대해 떠벌였고, 그것을 알아주지 않는 내게 항의했지.

그녀의 항의와 욕을 들으면서 나는 그녀가 나처럼 흉측해지기를 바랐어. 완전 망가진 그녀가 나와 마찬가지로 의기소침해지면 위로해줄 말도 준비해뒀지. 괜찮아요, 엄마. 못생겨도 내 엄마니까. 제이. 그동안 내가 가장 간절하게 듣고 싶었던 말은 바로 그 말이 아니었을까 싶어. 괜찮아. 못생겨도 넌 내 딸이니까, 괜찮아.

따뜻한 그 말 한마디가 내게 얼마나 큰 용기를 줬을까. 자신을 긍정하는 만큼 나에게도 친절을 베풀었다면 얼마나 그녀를 사랑했을까. 이제 그런 가정이 무슨 필요가 있겠냐만.

그런데 인내심은 부족하지만 상황을 판단하는 데는 유난히 민첩했던 그녀는 내게 의지하지 않고 필요한 것을 구할 수 있는 방법, 남자에게 의지하는 방법을 찾아내고 말았어. 첨엔 밖에서 만나는가 싶더니 곧 남자를 집으로 데려왔어. 그가 앉아 있곤 하던 꽃무늬 천을 씌운 소파에서 터질 듯한 교성과 가쁜 숨소리가 넘쳐나는 걸 난 견딜 수 없었어.

난 그 나이가 되도록 사랑이란 걸 한 번도 못 해봤는데, 남자의 몸이 내 몸을 열고 들어와서 격정적으로 하나가 되는 경험을 한 번도 못 해봤는데, 그녀는 아무렇지도 않게 여러 남자와 사랑을 나누더라.

내가 수없이 상상으로만 해결했던 그 일을 하루에 한 번씩 아무렇지도 않게 해치우는 그녀를 보면서, 마음보다 몸이 먼저 해치울 수 있는 일이 많은 게 세상이고, 학식이니 교양이니 하는 것보다 먼저 제대로 가꿔진 몸을 갖춰야 하는 게 살아가는 이치라는 걸 더욱 절실히 느꼈어.

그 이치를 일찌감치 터득한 그녀는 나도 그 이치에 따라 살아가기 바랐을 거야. 그래서 뼈를 깎고 살을 찢어서라도 나를 그렇게 만들려고 애쓴 거겠지.

하지만 제이. 아무리 그녀를 이해하려고 해도 나는 슬프기만 했어. 세상엔 몸으로 할 수 있는 일뿐인 것 같지만 사실은 몸으로 할 수 없는 일이 더 많이 있다는 것을 알려고 하지 않았던 그녀는 자신이 세상의 반쪽만을 보고 있다는 것을 몰랐어. 그녀는 외눈박이처럼 한쪽만을 보았고, 나도 그녀처럼 외눈박이가 되기를 원했어. 나는 두 개의 눈을 갖고 싶고, 내게도 두 개의 눈이 있다는 걸 그녀는 인정하지 않으려 했어.

대학에 들어가고 얼마 지나지 않아서였지. 난 키가 크고 건강미가 넘치는 남학생에게 마음이 끌렸지. 누구라도 좋아할 만한 타입의 남학생이었어. 은근한 눈길을 주거나 노골적으로 선물 공세를 할 수는 없었지만 내가 누군가를 좋아할 수 있다는 사실만으로도 무척 기뻤지. 그렇게 다른 사람을 좋아하는 마음이 내게 있다는 것이 행복했지. 솔직히 말하면 그 남학생 자체보다는 그 남학생으로 인해 내게 새로운 눈이 생기게 됐다는 사실 때문이었을 거야.

세상이 찬란한 기쁨으로 가득 차 있다는 것을 그때 처음 느꼈어. 나무 한 그루, 풀 한 포기, 가게의 작은 물건 하나, 구석진 강의실의 책상 모서리까지도 황홀하고 아름답게만 여겨져서, 시를 써볼까 궁리하기도 했었지.

여럿이 함께 밥을 먹으러 갔을 때 운 좋게 그 남학생의 옆자리에 앉게 되었을 때는 또 얼마나 기뻤던지. 안절부절못하고 있는 내게 그 남학생이 먼저 말을 걸어왔어. 글씨가 장난 아니던데? 너처럼 예쁘게 쓰는 사람 첨 봤어. 그렇게 예쁜 글씨로 쓴 편지를 꼭 받아보고 싶은데. 남학생의 목소리는 친절했고, 적당히 굵고 부드러웠어.

난 남학생에게 매일 편지를 써주기로 했어. 외눈박이로 살아온 탓에 편지에 담을 게 없어서 책이나 인터넷을 뒤져 적당한 문구를 찾아내고, 어떤 때는 강의 내용의 일부를 그대로 옮겨서 편지에 담았어. 내용이야 어떻든 내 글씨를 좋아하는 남학생에게 매일매일 내 글씨를 보여주려고 말야.

남학생과 나는 그렇게 가까워졌어. 둘이서 햄버거를 먹기도 했고 의자에 앉아 리포트를 다듬기도 했지. 그런데 이상하게도 말야, 그렇게 남학생과 가까워지기 시작하니까 나 자신이 한없이 초라하게 여겨지는 거야. 남학생이 다른 여학생과 걸어가거나 할 때, 여럿이 모인 자리에서 남학생이 재치와 유머가 넘치는 말솜씨로 좌중을 사로잡을 때, 혼자 집에서 거울을 볼 때마다 조금 더 예뻐지고 싶다는 욕망이 내 속에서 은밀히 생기는 거야. 눈을 한 번 더 찢어, 다이어트를 다시 시작하고 턱뼈를 다시 깎으라고.

그 은밀한 속삭임에 부채질을 한 건 그녀였지. 그녀는 내게 일어난 변화를 즉각 알아차리고는 지체하지 않고 계획을 세웠어.

그런데 석 달이 지난 뒤 나는 그 남학생을 쳐다보지도 못하는 신세가 되고 말았어. 나는 부릅뜬 눈을 감지도 못한 채 침대에 누워서 턱뼈 깊은 데서 우러나는 통증과 링거를 맞지 않으면 제대로 일어설 수도 없는 현기증에 시달렸어.

와중에도 매일 편지를 쓰는 일만은 멈추지 않았는데, 내용은 대부분 거짓말로 가득 차 있었어. 어느 날 편지를 받기만 하고 쓰지는 않던 그에게서 편지가 왔어. 해영아. 이제 네 편지는 받고 싶지 않아. 너에 대해서 여러 가지 이야기를 들어서가 아니라, 그냥 내 마음이 그래.

그것으로 끝이었어. 나는 학교를 포기했고, 그녀는 성형수술을 포기했지. 그도, 그녀도, 그리고 나도 점점 우울함 속으로 가라앉았어. 그녀는 더욱 자신을 다듬었고, 그는 묵묵히 돈을 벌었지.

하지만 그 모든 게 다 지나간 일일 뿐이야. 그는 떠났고, 그녀는 알 수 없는 남자를 불러들여 섹스를 하고 있었고, 나는 잠시 가졌던 두 개의 눈 중에서 하나를 잃고 다시 외눈박이가 되어버렸어.

물소가죽 소파를 산 건 말야, 무시무시한 인디언 전사의 정령이 깃들어 있어 시시한 남자들을 멀찌감치 쫓아주는 주문이 걸려 있다는 유혹 때문이었어.

사실인지 아닌지 모르겠지만, 몇 년 전에 아메리카에서 수입된 그 물소가죽 소파는 바람기 많은 여자를 가진 남자들에게 굉장한 인기를 끌고 있다고 했거든. 어찌 보면 판매전략이었을 수도 있는데, 신기하게도 물소가죽 소파를 들여놓은 뒤로 그녀는 더 이상 남자를 데려오지 않았지 뭐야. 하지만 나는 더 이상 그녀를 조종할 수 없게 됐어. 그녀가 남자를 데려오는 대신 밖으로 나돌기 시작했기 때문이야. 물소가죽 소파의 주술이 의심스러워졌지 뭐야.

그녀가 집을 비우면 나는 살그머니 거실로 나와 물소가죽 소파에 앉아 있곤 했어. 베란다에서 뛰어내리고 싶은 충동 때문에 내 다리가 그쪽으로 걸어가지 못하도록 마구 때려줘야 할 때도 있었어.

25층 베란다에서 뛰어내렸다면 난 물주머니처럼 터져버렸을 거야. 사람들은 내 몸을 보며 한마디씩 해대겠지. 저런 꼴로 살아서 뭘 할 수 있었겠어? 현명한 판단을 했군, 뚱땡이답지 않게. 그렇잖아도 미어터져서 세상이 복잡했는데 이제 조금 헐렁해지겠군.

사람들이 수군거리는 게 싫어서가 아니라, 난 솔직히 베란다에서 뛰어내리는 방법은 마음에 들지 않았어. 살아 있는 동안에 아무 의미도 없었는데 죽는 순간까지 의미 없는 짓은 정말 하고 싶지 않았거든. 베란다에서 뛰어내리느니 차라리 물소가죽 소파에 앉아서 내 몸을 갈기갈기 찢어버리는 게 낫다고 생각했지. 내 몸이 물소가죽 소파에 놓인 채로 갈가리 찢어져서 물방울이 되고, 그 물방울이 조금씩 허공으로 증발한다면 모를까, 비웃음과 경멸 속에 내 몸을 던져넣고 싶진 않았던 거야.

어떻게 설명해야 좋을지 모르겠는데, 물소가죽 소파의 주술적인 효능에 잔뜩 고무돼서 나는 저주를 내리거나 악귀를 물리치고 행운을 가져다 준다는 물건들을 마구 사들였어.

사람 뼈로 만든 반지며 해골 미니어처, 짚으로 만든 재웅과 처용가면, 여러 종류의 부적과 부적을 새겨 넣은 도자기와 장신구들, 염주와 십자가, 금박을 입힌 풍뎅이와 비단벌레, 보아뱀 가죽으로 만든 가방과 신발 같은 것들을, 나는 그녀의 의식을 지배하고 있는 오만함과 거만함을 물리치려는 의도로 구입했지. 한 개로는 만족할 수가 없어서 몇 개씩 또는 반복해서 비슷한 종류를 사들이기도 했어.

나는 또 일말의 행운을 기대하며 꽤 많은 종류의 마스코트를 수집했지. 오카리나를 부는 토토로라든지, 쉬지 않고 흔들리는 포뇨 인형 같은 건 유머와 사랑이 넘치는 순간이 어느 날 내게도 찾아오리라 기대하면서 준비한 것들이었고, 외에도 행운을 가져다 주는 동전이라든가 잉카인의 뼈로 만든 피리 께나, 물소 미니어처, 마늘 모양으로 깎은 호박을 엮어 만든 팔찌, 편안한 잠자리를 만들어주는 주문이 걸려 있다는 페르시아 담요, 여러 종류의 십자가와 태양 모형, 이집트 황금벌레며 마리아상 같은 것들도 지속적으로 수집했어.

그중에서도 가장 애착이 가는 것을 꼽으라 한다면 사랑을 오래 지속시켜주는 마법이 걸려 있다던 수제 조개목걸이일 거야. 나는 모든 종류의 사랑을 잃은 상태였지만 사랑을 갈구하고 있었고, 한 조각의 사랑이라도 오래 간직하고 싶은 마음이 간절했으니까.

그러나 그런 물건들이 거실을 가득 채우고도 남아서 현관까지 쌓여도 상황은 나아지지 않았어. 나는 주술도 주문도, 마스코트도 부적도 방어하지 못하는 죽음에 대한 충동에 시달렸어. 어떻게 하면 죽을 수 있지? 어떻게 하면 냉정하게 내게 주어진 시간을 물리칠 수 있지? 나는 계속해서 그 문제에 골몰했어.

그러다 정처 없이 사이버공간을 떠돌게 됐지. 수많은 암시와 자취를 통해 함께 죽을 사람들을 찾아 헤매던 내게 넌 등불처럼 다가왔던 거고.

아무리 손을 뻗어도 하이파이브해주지 않았던 사람과 사람들 사이에서, 스파크를 일으키며 우리가 접속했던 그날의 기쁨이 아직도 생생하게 떠올라.

모텔에 투숙해서 약을 복용한다든가, 면도칼로 손목을 긋는다든가, 높은 곳에서 뛰어내린다든가 하는 평범한 방식도 썩 나쁘지는 않지만, 마지막 의식만큼은 좀 독창적이고 싶다는 네게 난 쉽게 끌렸어. 덕분에 제이, 난 이렇게 허공에 떠오른 채로 찢기고 짓이겨진 우리 몸을 보고 있어.

제이. 너도 보고 있니? 하얗고 푸짐한 살을 가진 나와 깡마르고 다갈색인 네가 저기 있어. 내 다리에선 아직 피가 흐르고 네 머리의 피는 막 멈췄네. 네 어깨는 앞뒤 포지션을 바꿨고, 내 오른손은 반쯤 뭉개졌어.

네가 예측한 대로 과속하는 레미콘과 느려터진 포크레인이 사거리의 왼쪽과 오른쪽에서 제각각 나타났고, 레미콘은 재빨리 우리를 치고 달아났고, 느려터진 포크레인이 우리를 진득하게 깔아뭉개준 덕분이었어. 이렇게 정확하게 레미콘과 포크레인의 등장을 예측하기 위해 네가 노력한 데 대해 경의를 표하고 싶어.

3개월마다 재계약을 해야 하는 일자리를 잃지 않으려고 다른 사람의 컴퓨터를 열어보았고, 계산기와 엑셀보다 빠르게 머릿속에서 수지를 맞추는 훈련을 했고, 종이 한 장 팔락거리는 소리가 무엇을 의미하는지 알아차리는 눈썰미를 갖추게 되었다던 네가 정해진 시각에 이 사거리를 과속으로 지나가는 레미콘과 포크레인이 있다는 걸 알아내지 못했다면, 우리의 결탁은 별로 의미가 없었을 거야.

레미콘 운전자와 포크레인 운전자의 얼이 잠깐 몸 밖으로 튀어나왔다가 다시 되돌아갈 때, 술 마신 상태에서도 태연히 핸들을 잡던 습관과 게임에 몰두해 일을 쉬는 습관 같은 건 잊어버리고 챙겨가지 않았으면 좋겠어. 항상 술에 절어 있었다던 너의 그, 그를 어찌할 줄 몰라 집을 나간 너의 그녀를 용서할 수 없었

던 탓에, 간신히 얻은 사랑이라 믿었던 남자가 게임중독에 빠져

널 팽개쳤던 일을 잊을 수 없었던 탓에, 함께 죽을 사람을 찾아

먹방 같은 사이버공간을 떠돌아야 했던, 네가 마지막으로 품었

을 소망이 이뤄졌으면 좋겠어, 제이.

　우리를 친 충격 때문에 한동안 술을 마시지 않던 레미콘 운전

자가 그 충격에서 벗어나지 못하고 결국 또 술을 마시게 된다

해도 어쩔 수 없는 일이겠지. 모니터 속에서처럼 거침없이 전진

하던 캐터필러에 사람이 깔렸다는 것이 실감나지 않아서, 그때

자기가 깔아뭉갠 것이 사람이 맞는지 확인해보고 싶은 마음에

서 포크레인 운전자가 다시 한 번 사람에게로 진군한다 해도,

우리가 그들을 크게 한 번 흔들어놓은 건 확실할 테니까.

　그런데 우리가 이 기둥에서 뛰어내린 뒤 시간이 얼마나 흐른

걸까? 여긴 시간이 어떻게 흐르는지 모르겠어. 차들이 멈췄고

사람들이 멈췄으니 시간도 멈춘 걸까? 그래서 내가 널 볼 수 없

는 걸까? 제이 넌 어디에 있는 거니? 너보다 먼저 내가, 나보다

먼저 네가 숨을 멈췄고, 그 시간의 차이로 인해 넌 허공으로 날

아가 버렸니? 아직 저기 몸속에 머물러 있니? 내 몸이 널브러져

있는 걸 보고 있으니 나는 죽은 게 분명한데, 넌 아직 죽지 않은

거니?

　죽지 않았다면 넌 어떻게 되는 걸까? 제이, 아직 몸에서 빠져

나오지 못했다면 어서 몸부림쳐. 너를 가두고 있는 몸에서 빠져나올 수 있게 몸부림치라고. 거긴 네가 있을 곳이 아냐. 어서 빠져나오지 않으면 머릿속은 텅텅 비고 팔다리를 마음대로 움직일 수 없어서 누운 채 똥오줌을 싸야 할지도 몰라.

이제 막 스물여섯이 된 우리가 그런 몰골로 살게 되기를 설마 바라진 않겠지? 그러니 어서 빠져나와야 해. 난 지금 신호등 위에 있어. 깃털처럼 몸이 가볍고, 기분도 좋아. 내가 사람들을 쳐다보는데도 사람들이 나를 보지 못해 얼마나 기분 좋은지 몰라.

이제 난 뚱뚱하지도 않고 눈꺼풀이 뒤집어지지도 않았어. 턱이 시리지도 않고 속이 메슥거리지도 않아. 그녀가 수정했던 몸이 아니라 원래 내 것이었던 몸이 된 것 같아. 머릿속이 복잡하지 않아서 모든 감각이 되살아나고 있어. 가슴이 답답하지도 않아.

그러니 제이, 너도 이리 와. 이제 우린 오른쪽으로 가고 싶으면 오른쪽으로 가고, 왼쪽으로 가고 싶으면 왼쪽으로 갈 수 있어. 부끄러움이 억울함을 앞질러 와서 힘들게 하지도 않을 테니 내게 전해준 이야기가 모두 거짓말이라도 괜찮아. 내가 알고 있는 네가 아니라 성형수술과 다이어트로 다듬어진 너라도 상관 없어.

사거리의 바닥을 제각각 횡단하면서 그어진 저 대각선을 봐. 이쪽 사거리의 귀퉁이에서 시작돼 저쪽 사거리의 귀퉁이까지 검은색 아스팔트에 선명한 가위표를 긋고 있는 저 하얀색을 봐. 저건 분명한 가위표야. 우리가 아니라고 한 가위표, 우리를 아니라고 한 커다란 가위표.

난 죽었지만 죽은 게 아냐. 너와 난 저기 사거리 한가운데 널브러져 있지만 이제 저기 있는 게 아냐.

까마득

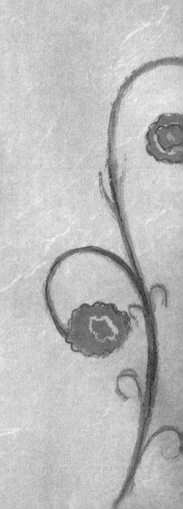

맹렬할수록 아름다운 삶

—노은님의 그림 〈새〉에 붙여

1.

"형! 형!"

난데없이 누가 코를 풀었다. 잡지를 넘기던 흐엉이 손을 멈췄다. 그리고 소리 나는 쪽으로 턱짓을 하며 눈을 깜빡거렸다. 흐엉의 새까맣고 커다란 눈이 깜빡일 때마다 블랙홀 두 개가 열렸다 닫혔다.

"형! 형아!"

다시 한 번 코 푸는 소리가 들렸고, 나는 냉큼 창 쪽으로 갔다. 창턱 아래 직각으로 고부라진 허리를 세우느라 엉치를 손으로 떠받친 할머니가 서 있었다.

굵은 주름살이 죽죽 그어진 할머니 얼굴은 흐엉만큼이나 진한 갈색이었다. 몇 마디를 더 중얼거린 할머니가 엉치에 얹은 손을 내리자, 허리가 구십 도로 다시 팍 꺾였다.

"형 형 하지 말고 향이라 부르라니까요. 향이."

혀끝을 착 내렸다가 다시 혀뿌리를 들어 올리면서 코로 숨을 뿜어줘야 하는 흐엉이란 이름을 할머니는 제대로 발음하지 못했다. 그런데도 한사코 흐엉이었다.

아들의 아내 이름을 불러준다는 것이 시어머니라는 권위와 존엄을 내팽개친다고 믿는 나라에서 할머니가 그러는 건 흐엉을 며느리가 아니라 애기똥풀꽃처럼 여기고 있다는 증거였다.

늦은 봄부터 초가을까지 아무 데서나 피는 애기똥풀꽃은 노랗고 동그랬다. 예쁘기는 하지만 향기가 별로였고, 너무 잘 자라서 다른 꽃들처럼 귀한 대접을 받지 못했다.

흔해빠졌지만 예쁘고, 예쁘지만 별로 대접받지 못하는 애기똥풀꽃처럼, 그 먼 나라에서 흐엉이란 이름도 그렇다고 했다.

먼 나라에서 온 여자들에게 마을 사람들은 대체로 할머니와 같은 태도를 취했다. 중국의 자치주나 베트남, 몽골, 우즈베키스탄 같은 이름을 가진 나라에서 온 여자들은 부지런하고 온순했지만 그런 성품이란 이 나라에서 칭찬받을 덕목이 아니었다.

그 여자들은 그냥 외국 여자거나, 장가 못 들어 죽고 싶을 지경에 처한 남자들이 얼렁뚱땅 돈 좀 들여서 데려온 가난한 나라의 여자일 뿐이었다. 그 여자들은 침울할 수도 없었지만 상냥해도 욕을 먹었으며, 부지런하거나 게으르거나 상관없이 입방아거리였다.

따라서 먼 나라 여자들은 흔해빠진 가실댁, 주촌댁 같은 택호(宅號)조차 붙여지지 않았으며, 순칠이 엄마, 영삼이 엄마와 같이 아이 이름과 함께 불러주지도 않았다. 잘해야 월남각시, 몽고각시, 연변각시였고 아니면 아예 헝(흐엉), 나잉(란잉), 아로(아료이)라고 불렸다.

물론 나도 향(香)이라거나, 숙모라는 호칭 대신에 한사코 흐엉이라 부르고 있었다. 하지만 내가 부르는 흐엉은 그들이 부르는 흐엉과 달랐다.

나는 흐엉과 통하는 마음을 계속 유지하기 위해 흐엉을 이름으로 부르고 있었다. 피 한 방울 섞이지 않은 숙모와 조카로 처음 만나는 순간, 흐엉과 나는 서로를 알아봤으니까. 의지할 데 없고 앞날이 막막한, 후미진 시골의 낡은 집에 헌옷처럼 내던져진 신세들끼리여서 금방 마음이 통했으니까. 나에게 흐엉은 월남각시가 되기 전의 흐엉이었다.

까칠하게 토를 다는 나를 아랑곳하지 않고 할머니는 웅얼웅

얼 혼잣소리를 계속했다. 저렇게 웅얼거려서야 어디 흐엉이 알
아듣겠어? 대체 어쩌라는 거야? 바락바락 항의하는 투로 나는
앙칼지게 할머니에게 소리쳤다.

"점심 준비 하라는 거죠?"

긴긴 봄날의 일요일, 아침을 먹은 지 한참이 지났다. 흐엉과
잡지를 보면서 양파링 한 봉지를 먹긴 했어도 뱃속은 벌써부터
헐헐해져 있었다. 이 시각에 할머니가 헝 헝 코를 풀 까닭은 그
뿐이었다.

점심, 이라는 말이 내 입에서 나오자 할머니는 더 이상 코를
풀 필요가 없어졌다는 듯이 고꾸라질 것 같은 자세 그대로 느릿
느릿 몸을 돌렸다.

나는 창에서 물러나 흐엉이 있는 침대로 갔다.

흐엉은 미백크림과 시폰 블라우스 광고 페이지를 왔다 갔다
하고 있었다. 세희 아줌마에게 샘플을 얻어 쓴 뒤로 흐엉은 미
백크림을 바르고 또 발랐다. 봄 들어 벌써 두 통이 바닥났다. 먼
나라에서 온 티를 벗기려면 몇십 통쯤은 발라야 할 것이다.

흐엉이 하얗게 되는 게 못마땅할 것은 없었다. 크림색 시폰
블라우스를 입은 세희 아줌마가 납작한 코에 성형한 쌍꺼풀을
보란 듯이 깜빡이며 잘난 체하는 꼴은 딱 봐주기 싫던 참이었
으니.

흐엉이야 그렇다 치고, 시폰 블라우스나 미백 크림 외에 엉뚱한 데 관심이 있던 나는 탐스럽게 둥근 흐엉의 눈을 향해 은근히 물었다.

"점심은 뭐야, 흐엉?"

"라면."

아무려나 상관없지 않으냐는 투로 흐엉은 짧게 대답했다. 축사에 돼지가 우글우글한데도 삼겹살 먹기가 하늘 별 따기라는 투정을 꿀꺽 삼키고 짐짓 걱정하는 투로 말했다.

"아기한테 라면 안 좋아. 좀 괜찮은 걸 먹어야지."

"삼촌 라면 좋아해."

흐엉의 대답은 시큰둥했고, 나는 하릴없이 고개를 TV 쪽으로 돌렸다.

내가 처음 이곳에 왔을 때, 고약한 냄새가 나고 쓰디쓰게 짠 된장찌개와 시어빠진 김치를 도저히 먹을 수가 없어서 라면 얘기를 꺼냈을 때, 외제 쇠기름에 튀긴 국수에 왜 돈을 쓰려 하냐고 끝나지도 않은 내 말을 싹둑 잘라먹던 삼촌이었다.

나를 위해 생돈을 쓰고 싶지 않은 삼촌의 심정을 알기에 싹둑 잘린 내 말을 되찾을 엄두도 못 냈다. 라면을 먹을 기회는 흐엉이 온 뒤에야 겨우 찾아왔다.

먼 나라에서 왔지만 피로를 풀고 어쩌고 할 틈도 없이 이튿날부터 부엌으로 보내진 흐엉은 낡아빠진 가스레인지와 시꺼멓게 때가 끼고 찌그러진 양은냄비, 플라스틱과 스테인리스와 유리로 된 몇 개의 식기가 전부인 부엌이란 데서 갈팡질팡했다.

흐엉은 이곳 사람들도 자기네처럼 쌀을 주식으로 한다는 정도밖에 아는 게 없었다. 자기네 식으로 만들자니 양념이나 재료가 없고, 할머니와 삼촌이 평소에 뭘로 어떻게 음식을 만들어 먹는지 배울 틈도 없었다.

쓰디쓴 된장찌개와 시어빠진 김치에 신물이 나 있던 참에, 나는 라면을 삶으면 된다고 흐엉을 꼬드겼다. 살던 나라에서 주식으로도 먹던 국수였기에 흐엉은 가져온 비상금을 털어 라면을 사고, 그것으로 저녁상을 차렸다.

삼촌은 밥상을 뒤집어엎었다. 흐엉은 머리채를 잡힌 채 라면 그릇과 함께 내팽개쳐졌다. 돈 아까운 줄 모르는 희한한 년이 와서 살림을 망치게 됐다고 할머니는 고래고래 악을 썼다. 그때 흐엉은 이틀쯤 밥을 못 먹었다.

그랬는데 참! 나는 슬쩍 흐엉을 훔쳐봤다. 유별나게 꽉 막힌 삼촌의 귀를 어떻게 뚫었을까.

헛간에 쭈그리고 앉아 울고 있는 흐엉의 눈물을 닦아주던 일이 아득해진 건 다행이었지만, 흐엉과 삼촌의 처지가 뒤바뀌어 버린 것이 이해되지 않았다.

내가 생각할 수 있는 것이라곤 눈 정도였다. 흐엉의 눈은 커다랗고 까맣고 깊었다. 그 눈이 블랙홀처럼 삼촌을 삼켜버린 걸까.

그렇지만 그건 잘된 일이 아니던가. 스물두 살인 흐엉은 예뻤고 마흔두 살 삼촌은 곰배팔에 키가 작고 제대로 생긴 데가 없었으니까. 흐엉이 웃을 때면 집안 가득히 향기가 풍겼고, 흐엉이 살랑대며 돌아다닐 때는 여기저기 꽃이 피었으니까.

"좋아, 라면. 그럼 저녁은 밖에서 먹는 거지?"

점심을 먹은 뒤 흐엉이 세희 아줌마와 외출할 거라는 걸 알고 있던 나는 얼른 물러났다. 목욕을 핑계로 일단 따라나서기만 하면 피자까지는 아니더라도 햄버거 정도는 기대할 수 있었다.

아빠에게 물려받았는지 엄마에게 물려받았는지 모르지만 어쨌든, 상황을 잘 파악해서 실리를 챙기는 법을 나는 잘 터득하고 있었다. 까짓 기분이야 아무래도 좋았다. 기분이란 것에 심취해봤자 뾰족하고 못된 계집애란 소리밖에 돌아올 게 없었다.

"고등어 사올래. 삼촌 고등어찌개 먹고 싶대."

흐엉이 제법 괜찮은 한국어 발음으로 말했다. 나는 야릇한 불안을 느끼며 정확하게 고, 등, 어, 라고 말하는 흐엉을 쳐다봤다.

꼭 다문 흐엉의 입술이 이상하게도 낯설었다. 세희 아줌마가 끼어들고부터 흐엉과 나 사이가 예전 같지 않았다.

그러나 호락호락 물러설 수 없었다. 나는 열다섯이었고, 못생긴 삼촌이나 쓸 데가 별로 없어진 할머니처럼 앞날이 암담하지도 않았다. 나 자신을 위해서라면 무슨 짓이든 해야 한다는 정도는 이미 다 배웠다.

나는 흐엉이 한국말을 한마디도 할 줄 모르던 때를 생각했다.

무너질 듯 위태위태한 집에서 벙어리처럼 눈만 껌뻑이는 늙은 남편과, 그보다 더 늙은 두억시니 할머니를 만난 것만으로도 잔뜩 주눅이 들어 있던 그때의 흐엉.

흐엉은 생선 토막 위에 고약한 냄새가 나는 삭은 채소를 얹은 냄비를 국자로 탕탕 두드리면서 "고디찌개!" 하는 할머니에게 겁을 먹고 부엌 밖으로 뛰쳐나갔다.

아름답고 잔잔하고, 소박하고도 정갈한 시골집을 기대한 것은 아니었지만, 아빠 손에 이끌려 처음 도착했을 때 온 집안에 쌓여 있는 쓰레기 같은 헌것들 때문에 나도 그렇게 놀랐다.

아침이 되면 벙어리 삼촌과 두억시니 할머니는 이게 무슨 음식인가 싶을 만큼 짜고 이상한 냄새가 나는 것들을 말없이 먹고는 각자 축사와 밭으로 나갔다가, 저녁이 되면 또 그렇게 돌아오곤 했다.

그런 가운데 놓인 흐엉의 심정을 나는 이해할 수 있었다. 참담하고 암담한 그 상황에 대해서 설명하고, 울화가 치밀지만 어쩔 수 없는 기분을 나누기 위해, 나는 흐엉에게 한국말을 가르치기로 작정했다.

한마디씩, 한마디씩, 흐엉은 친친히 한국말을 배웠다. 김치, 밥, 숟가락, 젓가락, 할머니, 남편…. 돼지, 고추, 나물, 신발, 마당, 아침, 점심, 저녁….

흐엉과 나는 끈기를 가지고 서로에게 말을 가르치고 배웠다. 손짓 발짓까지 동원한 덕분에 흐엉과 나는 비교적 빠르게 서로의 말을 알아들을 수 있게 되었다. 삼촌과 할머니가 내 쓸모를 인정한 것은 바로 그때부터였다.

나는 대한민국에서도 서울지역 보통사람들의 억양과 발음을 흐엉에게 가르쳤고, 그래서 흐엉의 말은 독특한 세련미를 풍겼다. 살다 보면 기쁨이라는 감정을 느낄 수도 있다는 걸 그때 처음 알았다.

하지만 고등어찌개 때문에 된통 혼이 난 흐엉은 고등어라는 말에서 자꾸 막혔다. 그때 얼마나 많이 '고등어'라고 말했는지 입만 열면 고등어 냄새가 꾸역꾸역 올라오는 것 같았다. 그런데 그 흐엉이 지금 태연히 고등어찌개를 입에 올리고 있는 것이었다.

나는 흐엉이 고등어를 사 오겠다는 말에 담긴 뜻을 생각해봤

다. 라면 아니라 개죽을 끓여줘도 고마워라 받아먹을 만큼 삼촌
은 흐엉의 눈에 빠져버렸지만, 흐엉이 삼촌이나 할머니를 대하
는 태도는 변함없이 공손했다.

흐엉은 불쾌하고 괴상한 외마디 비명이나 내지르는 할머니의
손톱 발톱을 잘라주었으며, 옷과 이불도 빨아주었다. 흐엉은 당
당해졌지만 여전히 부지런했고, 되도록이면 라면을 삶지 않으
려고 노력했다.

냉장고엔 서투르지만 고민해서 담근 싱싱한 김치를 보관하게
되었고, 고등어찌개를 제법 잘 만들 수 있게 되었다. 먼 나라에
대한 그리움 때문에 그 큰 눈에 그렁그렁 눈물을 담는 일도 부
쩍 줄었다.

그러고 보니 눈 때문이 아니었다. 흐엉이 그리워하던 에메랄
드 빛 바다, 그 바다 깊은 곳에서 막 건져 올린 흑진주처럼 촉촉
한 물기를 머금은 눈이 블랙홀처럼 삼촌과 할머니를 삼킨 것이
아니었다. 하루 종일 축사에서 삼촌과 같이 돼지거름을 치고,
밤에는 또 늦게까지 온갖 집안일을 하던 흐엉이 병원에 실려간
그 일 때문이었다.

나는 잡지를 뒤적이는 흐엉의 옆모습을 바라보았다. 내게 만
큼이나 흐엉에게 한 푼도 쓰지 않으려던 삼촌이었지만 아랫도
리가 피범벅이 된 흐엉이 눈을 까뒤집고 기절하자 하는 수 없이

병원차를 부른 적이 있었다.

흐엉은 일주일 만에 병원에서 돌아왔는데, 그 일주일 동안 삼촌은 돼지 먹이도 주는 둥 마는 둥 안절부절했다. 흐엉이 퇴원하던 날은 이장 아줌마가 와서 삼촌과 할머니에게 한참 동안 혀차는 소리를 내고 갔다.

흐엉은 아이를 잃은 것이었다. 그것도 다섯 달이나 된 고추 달린 아이를. 자기 닮은 아이를 낳을까 봐 겁을 먹은 삼촌이라고 생각했는데, 삼촌이 자기 닮은 아이를 낳지 못할까 봐 겁을 먹고 있었다는 사실이 좀 이해되지 않았다.

아무튼 흐엉은 축사 일을 그만두고 한약과 보양식을 먹으면서 집안일만 하게 됐다. 그리고 변화가 시작됐다. 흐엉은 날마다 쓸고, 닦고, 빨고, 고치고, 사들였다. 할머니도 삼촌도 흐엉의 말이라면 무조건 고개를 끄떡였다.

몇 달 뒤 흐엉은 다시 아이를 가졌다. 아이를 가진 흐엉을 대하는 삼촌과 할머니의 태도는 못 봐줄 지경이었다. 그동안 그렇게 없다던 돈이 어디서 나오는지 흐엉이 손을 내밀기만 하면 쑥쑥 튀어나왔다. 거기 비례해서 흐엉이 나를 대하는 태도는 쌀쌀맞고 도도해졌다.

"좋아, 라면. 물 올릴까?"

삼촌을 닮거나 흐엉을 닮거나, 혼혈로 태어날 아기가 우리나라 같은 사회에서 자라자면 꽤나 톡톡히 인생의 쓴맛을 봐야 할 거라는 문제 같은 걸 생각해봤는지 모르지만, 내가 거기까지 신경 쓸 필요는 없었다. 흐엉이 미백크림과 시폰 블라우스를 살 때 면양말 한 켤레라도 챙길 궁리가 급했다. 꺼멓게 물때가 끼고 늘어진 양말을 보고서도 모른 척하던 흐엉이었지만 그 정도 선심은 쓸 때가 됐다.

그런데 흐엉이 잡지를 덮고 냉큼 일어났다.

"흐엉이 라면 끓일 테니 유리는 놀아."

방을 나가며 툭 내던지는 흐엉의 말에서 쌀쌀맞음이 묻어났다. 말투의 미묘한 차이 같은 건 신경 쓰지 말자고, 벌렁 흐엉의 침대에 드러누워 입술을 깨물었다.

열다섯 살 내가 흐엉에게 가르쳐줄 세상이란 어차피 한계가 있었다. 흐엉은 잡지와 TV를 보면서 매일매일 새로운 것을 배웠고, 세희 아줌마와 사귀고부터는 외출도 잦아졌다.

이러다가 아이가 태어나면 처음 여기 왔을 때처럼 완전 찬밥 신세가 될지도 모른다는 생각을 하니 아득했다. 어떻게든 집안의 주도권을 쥔 흐엉을 놓쳐서는 안 된다 싶었다. 이대로 물러나기엔 그동안 들인 공이 아까웠다.

나는 궁리해둔 한 가지 작전을 써먹기로 하고, 라면 봉지를 뜯고 있는 흐엉에게 달려가서 귀를 잡아당겼다. 흐엉은 움찔하면서 놀랐지만, 곧 가만히 있었다. 나는 득의만만한 웃음을 지으며 흐엉의 귀를 놓았다.

"어때, 괜찮은 생각이지?"

흐엉의 커다란 눈이 꺼졌다 켜졌다 하는 걸 보고 나는 블랙홀 입구에서 빨려들지 않으려고 안간힘을 쓰는 심정으로 말했다.

"언제까지 세희 아줌마 차를 얻어타고 다닐 거야? 흐엉도 면허 따서 차 몰아야지."

나는 흐엉의 배를 살짝 만지며 덧붙였다. 흐엉의 배는 아직 납작했지만 천천히 부풀어 오를 것이다. 그리고 아기가 태어나면 아마도 내 도움이 필요할 것이다. 나는 흐엉의 아기를 잘 돌봐줄 자신이 있었고, 그것으로 한동안 이 집에서의 내 지위를 지켜나갈 수 있을 것이다.

"아기랑 예방주사 맞으러 다녀야지, 쇼핑도 해야지, 읍내 유치원에도 보내야지. 그러자면 차가 꼭 필요해."

흐엉이 눈을 크게 깜빡이며 쳐다보는 순간을 놓치지 않고 나는 속살거렸다.

"삼촌도 이젠 돈 많아졌잖아."

못 들은 척, 흐엉은 침착하게 말했다.

"라면 다 됐으니까, 할머니하고 삼촌 불러."

"면허 시험은 걱정할 거 없어, 내가 있으니까."

나는 아무 말도 한 적 없는 것처럼 표정을 싹 바꿔 마루로 나갔다. 새가 날개를 펼치듯이 두 팔을 한껏 벌리고 텃밭으로 달려갔다.

할머니는 텃밭 귀퉁이에 호미처럼 고부라진 채 흙을 파고 있었다. 알록달록한 스웨터와 역시 알록달록한 바지를 입지 않았다면 찾아내지 못할 뻔했다.

할머니는 흙이었다. 지겹도록 똑같은 색의 흙, 똑같은 냄새의 흙, 똑같은 냄새의 할머니에게 와락 짜증이 나서 소리를 질렀다.

"할머니! 점심!"

소리치고 삼십 초쯤 지나자 할머니가 천천히 몸을 움직였다. 냉큼 텃밭으로 달려가서 지렁이를 집어 올리듯이 할머니의 겨드랑이를 부축했다.

할머니는 느리고 꿈틀거렸지만 지렁이처럼 말랑거리지 않았다. 딱딱하지만 어쩐지 속이 빈, 조금만 충격을 줘도 바스러져 버릴 것 같은 할머니의 뼈가 느껴지자, 나는 슬며시 손아귀의 힘을 뺐다. 참 대책 없는 아빠였다. 이런 할머니에게 날 맡기다니.

마당 가운데 할머니를 데려다 놓고 나니 꾹꾹 눌러뒀던 기분이 삐죽삐죽 마른 나뭇가지처럼 몸 밖으로 삐져나왔다.

나는 기분가지를 꺾어버리듯 두 팔을 휘휘 내젓고 투덕투덕 신발 소리를 내며 집 뒤 축사로 올라갔다. 그리고는 구왝거리는 소리와 지릿한 냄새로 가득 찬 축사에서 꾸물거리고 있는 삼촌의 엉덩이에 대고 냅다 고함을 질렀다.

"라면 다 됐어!"

2.

할머니는 숟가락으로 면을 건져 따로 놓인 그릇에 옮겨 담고는 국물에 밥을 말았다.

흐엉이 가전제품에 이어서 침대를 들이고 전기재봉틀을 사서 별 소용에도 없는 갖가지 물건들을 만들어내도 참아줬지만 라면만은 아무래도 견딜 수 없는 모양이었다.

라면 국물에 만 밥을 후루룩거리며 먹고 있는 할머니에게 삼촌이 이마를 찌푸렸을 뿐, 아무도 말하지 않는 가운데 라면 먹기가 끝났다.

흐엉이 보온물통의 더운 물을 따라 커피믹스를 풀었다. 삼촌은 커피믹스 푼 것을 후룩후룩 마셨고, 할머니는 다시 텃밭으로 갔다.

흐엉은 화장대 앞에 앉았고, 나는 설거지를 시작했다. 삼촌이 뭔가 말을 할 듯 말 듯 하는 표정으로 할머니 방에 가서 드러누웠다.

나는 옷을 갈아입었다. 낡고 길이가 짧아진 면바지와 티셔츠가 전부여서 외출 준비는 금방 끝났다.

목욕 바구니를 챙기고 흐엉의 방에 갔다. 몇 가지 옷을 꺼내 놓고 꽤나 망설였는지 흐엉은 이마를 잔뜩 찌푸리고 있었다.

새 옷을 사고 싶은 마음도, 머리를 자르고 싶은 욕심도 착착 접어서 가방 속에 넣어두는 일에는 익숙했다. 일부러 부러움이 가득 담긴 눈으로 흐엉을 쳐다봐주고 마루로 나왔다.

기분이나 욕심은 십오 분만 지나면 괜찮아지는 마시멜로 같은 것이었다. 십오 분이 문제였다. 먹고 싶어도 입고 싶어도 말하고 싶어도 십오 분만 지나면 견딜 만해진다는 건 나처럼 있으나 마나 한 아이들이 위안 삼기에 딱 좋은 말이었다.

나는 십오 분이 아니라 열다섯 시간도 견딜 수 있었고, 열다섯 달도 기다릴 수 있었다. 스무 살까지 십오 년이 남지 않아서 얼마나 다행인지. 흐엉이 까만 점이 박힌 노란색 원피스에 흰색 볼레로를 걸치고 마루로 나왔다. 어깨에는 빨간색 핸드백이 간당거렸다.

때를 맞춘 듯 삼촌이 할머니 방에서 나왔다. 나는 마당으로 내려섰다. 그리고 기다렸다. 삼촌이 툭 불거진 입술을 비죽이 벌리고 잘 차려입은 흐엉을 홀린 듯 쳐다보다가 부끄러운 듯 손을 내밀기를. 그러면 흐엉은 삼촌의 손에 핸드백을 건네줄 것이고, 거기 오늘 쓸 돈이 담기겠지. 흐엉이 외출할 때마다 똑같이 벌어지는 장면이어서 볼 것도 없었다.

그런데 마당을 지나 대문 쪽을 향하던 나는 우뚝 멈춰서고 말았다. 잔뜩 신경이 날카로워진 갈색 고양이 소리였다.

며칠 전부터 검정색 점박이 고양이가 갈색 고양이가 사는 헛간을 기웃거리고 있었다. 갈색 고양이는 발칙한 점박이와 한판 붙을 작정을 단단히 한 모양이었다.

그래도 재수 없지 뭐야. 고양이 소리는 정말 재수 없어. 나는 중얼거렸다. 뭔가에 잔뜩 못마땅해 있는 듯 날카롭고 앙칼진 그 소리를 들을 때면 엄마 생각이 났다.

아빠와 싸우면 늘 이기던 엄마. 엄마 무기는 목소리였다. 잊어버리려고 수없이 이를 악물었던 그 소리를 듣고 싶지 않아서 나는 헛간 쪽으로 몸을 돌렸다. 그리고 나는 보았다. 적의에 가득 찬 울음소리를 내면서 삼촌을 향해 날카로운 발톱을 세우고 있는 또 한 마리의 고양이를.

흐엉이었다. 새로 산 핸드백은 마당에 팽개쳐져 있었고, 축담에 선 흐엉이 마루 위의 삼촌을 향해 앙칼지게 소리치고 있었다.

만 원짜리 몇 장이 흐엉의 서슬처럼 시퍼렇게 마당에 깔려 있
었다. 작은 눈을 있는 대로 뜨고서 입을 헤벌린 삼촌은 도움을
청하는 눈빛으로 나를 쳐다봤다.

재빨리 사태를 파악한 나는 두 사람에게로 걸어갔다. 차분하
게 핸드백부터 집었다. 그리고 다섯 장의 만 원짜리를 챙겼다.

침착하게 삼촌에게 가서 냄새 나는 작업복 주머니에 지폐들
을 콱 쑤셔 넣었다. 그러고는 흐엉에게로 갔다. 푸들푸들 떨어
대는 흐엉의 팔을 붙들고 나는 말했다.

"천천히, 한국말로 해. 천천히 말해, 흐엉."

삼촌을 봤다. 흐엉이 삼촌의 말을 알아들을 수 없어 답답해했
던 때가 언제였나 싶게, 흐엉의 말을 알아들을 수 없어진 삼촌
이 체한 돼지처럼 숨을 몰아쉬고 있었다.

"화장품도 사야 되고 블라우스도 사야 돼. 이걸로는 어림없
다니까."

나는 흐엉처럼 표독스런 표정을 지었다. 삼촌도 나름 화가 났
는지 외마디 소리를 내질렀다. 흐엉으로서는 절대 알아들을 수
없는, 사투리에 욕이 절반은 섞인 외마디 소리의 요지는 흐엉이
돈을 너무 많이 쓴다는 것이었다.

나는 흐엉이 삼촌의 말을 알아듣지 못했다고 생각했다. 내게
서 반듯한 표준말을 배운 흐엉이었으니 삼촌이 내지르는 소리

같은 건 알아듣지 못했다고. 곰배팔에 못생기고 늙어빠진 삼촌은 아리따운 흐엉이 어디에 돈을 쓰던 알 필요가 없다고.

하지만 나는 흐엉과 삼촌의 싸움이 계속되기를 원치 않았다. 삼촌은 어쨌든 내가 빌붙을 수 있는 유일한 피붙이였다. 또 스무 살이 될 때까지는 이 집의 실제 권력자가 되어가고 있는 흐엉과의 관계를 돈독히 해둬야 했다.

삼촌의 말을 흐엉에게, 흐엉의 말을 삼촌에게 곧이곧대로 옮길 필요가 없다고 생각한 것은 그 때문이었다.

삼촌의 오해와 흐엉의 화를 풀어주려면 무슨 말을 하는 게 좋을까 생각하고 있을 때, 발로 마루를 쾅쾅 구르며 삼촌이 소리를 질렀다.

"화장품, 어지, 샀다 카이. 오, 옷도 샀다 카이. 어, 언 늠이… 생긴 기라."

나는 눈을 크게 뜨고 삼촌을 봤다. 아무리 화가 나도 외마디를 내뱉고는 휙 몸을 돌리곤 하던 삼촌은 한꺼번에 많은 말을 하는 게 힘든지 목에 굵은 핏대를 세우고 있었다. 삼촌은 마치 무대에 선 배우 같았다.

그야 그렇다 치고, 삼촌의 뚝뚝 끊어지는 말을 이어보니 흐엉은 어제 화장품과 옷을 샀다는 것이었다.

나는 흐엉과 삼촌을 번갈아 쳐다봤다. 화장품이 돼지새끼라도 되는 줄 아는 삼촌이 한심했다. 어제 샀지만 오늘 또 사고 싶은 게 화장품이고, 그보다 더 자주 사도 탈이 없는 게 옷이라는 것을 모르다니. 게다가 난데없이 어떤 놈이 생겼다는 의심은 또 뭐람.

흐엉도 그랬다. 어제 화장품과 옷 핑계를 댔다면 오늘은 뭔가 다른 걸 들이대야지. 먼 나라 아버지와 어머니 얘기를 곧이곧대로 할 생각이 아니라면 요령이 필요하다는 걸 모르는 흐엉이 한심하기 짝이 없었다.

동생이 결혼하게 됐다는 편지, 어머니가 병이 났다는 편지, 아버지의 배가 낡아서 새로 사야 한다는 편지를 조심스럽게 읽어주던 흐엉의 눈물 글썽이던 눈이 떠오르자, 나는 삼촌에게 바락 소리를 질렀다.

"억지 부리지 마, 삼촌. 순칠이 아빠처럼 되고 싶어?"

순칠이 엄마 란잉은 석 달 전에 집을 나갔다. 날마다 술을 마시고 두들겨패는 순칠이 아빠와 욕밖에 할 줄 모르는 순칠이 할머니 때문이었다.

란잉은 흐엉보다 눈도 작고 키도 작았는데, 아무도 말을 가르쳐주지 않아서 벙어리처럼 살았다. 흐엉과 내가 친구라도 해주려고 몇 번 찾아갔지만, 란잉은 그때마다 손을 내저으며 피해버렸다.

란잉이 집을 나간 뒤에야 순칠이 할머니는 눈물을 흘렸고, 순칠이 아빠는 목을 놓아 울었다.

란잉의 검고 슬픔에 잠긴 눈을 생각하면서 나는 마음을 다져 먹었다. 흐엉이 없는 집은 상상하고 싶지도 않았다.

흐엉의 편을 들기로 결심하고 삼촌에게 한마디를 던지려고 할 때, 내게 잡힌 팔을 탁 뿌리친 흐엉이 삼촌을 똑바로 쳐다보면서 또박또박 말했다.

"일주일 동안 밥하고 빨래하고 청소했어. 잠도 같이 잤어. 하루 삼만 원씩, 이십일만 원! 이십일만 원 줘요!"

흐엉의 말은 남편에게 하는 말이 아니었다. 빌려준 돈 갚으라고 이장 아줌마가 순칠이 할머니를 다그칠 때의 소리였다. 내 손을 잡고 찾아간 공사장에서 감독관에게 노임 내놓으라 대들던 아빠 소리였다.

흐엉은 이제는 만 원짜리 한 장만 받고도 고마워서 어쩔 줄 모르던 먼 나라 여자가 아니었다. 못생기고 늙은 삼촌에게 젊고 예쁜 제 몸을 밤마다 주는 대가, 밥하고 빨래하고 집안을 치워 주는 대가, 나아가서 아이를 낳아줄 대가를 요구하고 있었다.

따지고 보면 맞는 얘기였고, 진즉에 그랬어야 했다. 곰배팔이 삼촌과 두억시니 할머니 시중이나 들면서 사는 것이 억울하지 않냐고, 사람은 자신의 가치에 맞는 대접을 받아야 한다고 틈만

나면 소곤소곤 흐엉을 꼬드긴 것은 나였으니까. 그래서 조금씩 조금씩 삼촌과 할머니의 위엄이 흐엉 앞에서 무너지는 것을 고소하게 지켜봤으니까.

하지만 내 꼬드김과 부추김보다 몇 걸음 앞서 흐엉은 달려가고 있었다. 흐엉의 표독스런 얼굴에 세희 아줌마의 얼굴이 겹쳐 보였다.

포항 어디 술집에 있다가 왔다는 세희 아줌마는 매달 남편에게 용돈을 받는데, 그 돈이 공무원 월급 정도는 된다는 소문이었다.

소문이랄 것도 없이 자기 입으로 떠들고 다녔다. 이런 촌구석에서 국산 종자 씨 받기가 쉬운 줄 아니? 다섯 살 먹은 아들을 앞세우기만 하면 남편도 시어머니도 입도 벙긋 못 한다면서 세희 아줌마는 내게 충고하기도 했다.

고등학교 가고 싶어서 흐엉한테 그렇게 공을 들인다며? 얘, 얘. 흐엉 아기나 봐주면서 그럭저럭 붙어 있다가 나처럼 괜찮은 촌놈이나 물어. 쌍꺼풀만 있으면 너도 봐줄 만하잖니. 도시로 진출해봤자 껄렁한 깡패 새끼 아니면 공돌이밖에 더 걸리겠어?

그때 삼촌의 작은 눈이 벌레처럼 꿈틀거리면서 내게로 향했다. 내가 빤히 마주보자 삼촌은 곧 눈꼬리를 내렸다. 나는 팔짱을 낀 채로 도도하게 말했다.

"삼촌 돈 많잖아. 흐엉 좀 줘."

"유리 너, 너…."

삼촌이 뭐라고 더 말하기 전에 대문께로 달아나버렸다. 흐엉
이 란잉처럼 집을 나가기라도 할까 봐 나는 걱정이 됐다.

삼촌이 흐엉에게 돈을 쓴다면 그런 일은 없을 것이었다. 흐엉
이 온 뒤로 삼촌의 돼지는 엄청나게 불었다. 축사를 두 동이나
더 지었고, 한 달에 한 번 새끼돼지를 팔았다.

어머니가 아프고, 동생이 누나의 축의금도 없이 결혼하고, 아
버지의 배가 낡은 것이 걱정인 흐엉에게는 돈이 필요했다.

대문 기둥에 붙어서서 나는 흐엉을 쳐다봤다. 언제 바락거렸
나 싶게 흐엉은 삼촌이 풍덩 빠지고도 남을 만큼 커다란 눈에
그렁그렁 눈물을 담고 있었다.

슬그머니 대문 밖으로 몸을 비꼈다.

세희 아줌마의 마티즈가 와서 멈추고, 흐엉이 싹 눈물을 훔친
모습으로 손짓할 때까지 무슨 일이 있었는지 나는 알지 못했다.
차에 오르면서 보니 삼촌이 늙은 수탉처럼 엉거주춤 마루에 서
있는 것이 보였지만, 신경 끄기로 했다.

흐엉은 세희 아줌마 옆에 앉아서 핸드백을 무릎에 올려놓았
다. 삼촌이 있는 쪽을 한 번 돌아볼까 하다가 그만뒀다.

삼촌은 졌고 흐엉은 이겼다. 세상에는 진 사람과 이긴 사람만 있었다. 먼저 집을 나간 엄마가 이겼고 혼자 남겨져서 나를 돌보다 지친 아빠는 졌다. 나를 여기 맡겨놓고 가버린 아빠가 이겼고 이곳에서 그럭저럭 살고 있는 내가 졌다. 문제는 언제나 한결같이 간단했다.

"유리 너, 또 따라붙니?"

애, 애. 네가 통역 좀 해봐라. 도대체 뭐라는 건지 알아들을 수가 있어야지. 흐엉의 서툰 한국말을 들어줘야 하는 것이 짜증난다는 듯이 일부러 나를 챙겨가곤 하던 세희 아줌마였는데, 이젠 노골적으로 마뜩찮은 눈길을 보내고 있었다.

작년까지만 해도 비루먹은 개 보듯 흐엉을 훑어보던 바로 그 눈길이었다. 그러나 나는 최대한 녹녹한 표정을 지어 보이고는 목욕 바구니를 얌전히 발치에 내려놓았다.

"귀찮게 안 해요."

흐엉에게 잔뜩 자랑을 늘어놓던 시폰 블라우스 대신에 초록색 점퍼와 하얀 바지를 입은 세희 아줌마는 곱슬곱슬하게 볶은 긴 머리를 한 갈래로 묶어 캡을 눌러 쓰고 있었다. 운전대를 잡은 손은 하얀 장갑으로 싸여 있었다. 향긋하고 상큼한 냄새가 뒷자리로 솔솔 넘어왔다.

도대체 세희 아줌마가 흐엉에게 친절해진 까닭은 뭘까.

국산 외국산 구분이 엄격한 세희 아줌마가 흐엉에게 갖가지 친절을 베푸는 데는 분명 까닭이 있을 것이지만, 아직 확실하게 짚이는 게 없었던 터라 나는 재빨리 화제를 돌렸다.

"아줌마 차 얻어 타는 것도 얼마 안 남았어요. 흐엉도 면허 따면 금방 차 살 거니까. 그렇지, 흐엉?"

하지만 흐엉도, 세희 아줌마도 대꾸가 없었다. 당연한 일이니까 대꾸할 필요가 없겠지. 나는 몸을 앞으로 쑥 내밀고 천연덕스레 말을 이었다.

"운전 학원은 어디가 좋아요?"

그제야 흐엉이 길고 새까만 머리를 슬쩍 훔쳐 내리더니 밋밋하게 말했다.

"유리, 나 지금 운전학원 다니는 중이야."

흐엉의 말투는 밋밋하고, 어느 정도 귀찮아하는 티가 묻어 있었지만 앞으로 내밀었던 내 몸을 뒤로 풀썩 당기기에는 충분했다.

"언제부터?"

놀란 나머지 나는 거의 경악하고 있었지만 흐엉은 별일 아니라는 듯 대답했다.

"이 주일 지났어. 세희 씨가 도와주고 있어."

차 안에 야릇하고 꺼림칙한 침묵이 흘렀다. 점심 때 흐엉에게 귓속말로 지껄인 것이 생각나 나도 모르게 얼굴이 달아올랐다.

운전학원에 다니고 있다는 사실을 감쪽같이 숨긴 흐엉이 야속해서 눈물이 나올 것 같았지만, 나는 울고 싶은 기분을 싹 감추고 얼른 얼버무렸다.

"잘 됐네, 흐엉. 안 그래도 걱정했는데."

"흐엉이 면허 따면 내 차 넘길 거야. 첨부터 새 차 살 거 뭐 있어?"

세희 아줌마가 재빨리 말을 마쳤고, 차는 그 말처럼 빠르게 씽씽 달렸다.

차가 마을을 벗어나자 세희 아줌마와 흐엉은 낮은 소리로 소곤거리기 시작했다. 가끔은 마주보고 웃기도 했다.

흐엉의 말을 잘 알아듣게 된 세희 아줌마와, 나 같은 건 안중에도 없어 보이는 흐엉에게 참을 수 없이 화가 났다. 나는 엠피쓰리를 꺼내 천천히 귀에 꽂았다.

흐엉이 핸드믹서를 살 때 따라가서 몇 번이나 아양을 떤 끝에 간신히 갖게 된 싸구려 엠피쓰리였다. 거기 담을 노래를 다운받으려면 세희 아줌마의 컴퓨터를 빌려야 했기에 목욕탕에서 두 번이나 등을 밀어줬다.

그때 가본 세희 아줌마네 거실이 차창 밖의 풍경 위에 겹쳐

졌다. 깨끗하게 새로 지은 집을 가득 채운 고급스런 가구들, 커다란 냉장고에서 꺼내 전자레인지에 데운 피자와 양과자, 옷장을 가득 채운 옷들과 피아노가 나무와 길들을 지우며 지나갔다.

세희 아줌마처럼 살아보는 건 흐엉의 꿈이자 내 꿈이었다. 그 꿈은 흐엉과 내가 이룰 수 있는 것이 아니라 흐엉의 곁에 있는 남자, 내 곁에 있을 남자의 도움을 받아야 가능하다는 점에서도 똑같았다.

세희 아줌마의 헌칠하게 생긴 남편을 생각해봤다. 읍내 무슨 사무실에 가입 원서를 낼 때 한자로 자기 이름도 못 쓰더라는 말이 몇 번 돌기는 했지만 대놓고 그런 말을 하는 사람은 없었다.

세희 아줌마 남편에게는 대규모 한우 축사가 서른 동(棟)이나 있었다. 정해진 시간에 먹이와 물을 공급하고 분뇨를 처리하는 설비를 갖춘 최첨단 축사를 관리하는 사람도 둘이나 두었다. 마을 사람들은 앞다퉈 친한 척하려고 했다.

내친 김에 말끔한 양복을 입고 자가용 운전석에 앉은 삼촌을 상상해봤다. 피시시 웃음이 흘러나왔다. 돈이 남고 남아서 축사에 있는 돼지들의 목에 일일이 진주목걸이를 걸어주는 게 나을 것 같았다. 아무리 꾸미고 다듬어봤자 삼촌은 빙충맞은 얼간이였다.

불쌍한 흐엉, 쓸데없는 꿈은 꾸지 말았으면. 가만히 흔들리는 흐엉의 출렁이는 검은 머리카락을 눈으로 훑으며 중얼거렸다. 불쌍한 유리. 이러다 인생 개같이 되는 거 아닌지 몰라.

3.

세희 아줌마는 흐엉과 정답게 소곤거리면서 읍내 목욕탕 앞에 차를 세웠다. 재빨리 차에서 내린 나는 흐엉이 내리기를 기다렸다. 그런데 흐엉은 유리만 살짝 내린 채 내게 말했다.

"유리는 목욕하고 있어. 난 세희 씨랑 일 볼 게 있어."

나는 몹시 실망했지만 목욕부터 하고 같이 일을 보면 되지 않느냐는 말은 꺼내지 못했다.

세희 아줌마와 흐엉은 애당초 목욕 같은 건 계획에 없었던 것이다. 눈치 없이 따라나선 나를 목욕탕까지 데려다 준 것만 해도 다행이었다.

"자, 목욕비. 그리고 이건 목욕하고 나서 우유 사 먹어."

흐엉이 목욕비에 천 원짜리 한 장을 더 얹어 건네는 것을 엉거주춤 받아들었을 때, 세희 아줌마가 초록색 점퍼의 깃을 매만

지며 명랑한 콧소리로 말했다.

"우리, 골프 연습장에 간다. 목욕 천천히 해. 좀 걸릴 테니까."

세희 아줌마의 옷차림이 평소와 달랐던 까닭이 뒤늦게 깨달아지자 까마득 절벽 아래로 떠밀린 것 같았다.

골프라니. 뭔가 잘못되고 있다 싶어서 내가 멈칫대는 사이에 차는 휭하니 떠나버렸다.

나는 어깨를 축 늘어뜨리고 목욕탕으로 들어갔다.

옷을 다 벗고 쉬엄쉬엄 비누칠을 하는데 자꾸 맥이 빠졌다. 덜 자란 가슴을 흐엉처럼 만들어보려고 조물락거리는 일도, 길어질 기미가 없는 허벅지를 탕탕 두드려보는 일도 혼자서는 재미없었다.

아담하게 솟은 가슴과 군살 한 점 없이 탄탄한 허벅지, 부드러운 곡선을 그리는 엉덩이를 가졌는데도 자꾸만 눈을 내리깔던 흐엉.

때수건으로 박박 밀다가 발갛게 부풀어 오른 가슴을 들여다보면서 이마를 찌푸리던 흐엉. 탕 속에 몸을 담근 채 지그시 눈을 감고는 바다를 그리워하던 흐엉.

탕에 들어가 몸을 푹 담갔다. 암팡지게 살이 오른 몸이 둥 떠올랐다. 떠오른 내 몸을 이리저리 살폈다.

다리도 짧고 피부색도 별로였다. 헛간처럼 우중충한 방과 더러운 이불과 때가 낀 양은냄비 틈에서 잡초처럼 함부로 자란 탓일까? 고개를 푹 떨군 채 전학을 했고, 삼촌 앞에서 세 시간이나 꿇어앉은 끝에 중학교에 갔던 때문일까?

팔과 다리, 가슴과 배 군데군데에 긁히고, 물리고, 상처 난 흔적들이 길거나 짧게, 넓거나 좁게 새겨져 있는 볼품없는 몸이 보기 싫어서 나는 탕 속에 얼굴을 처박고 숨을 토했다.

꼬르륵 꼬르륵, 숨을 내쉴 때마다 속에 들어차 있던 희망이 바람소리를 내며 터져 나왔다.

따뜻한 물속에 있는데도 가슴은 서늘하게 식어 있었다. 나는 눈을 꼭 감고 흐엉에 대해 생각해봤다.

세계적으로 이름이 나 있다는 베트남의 경승지 하롱베이. 흐엉은 거기서 버스와 배를 번갈아 타고서 한나절은 가야 하는 곳에서 왔다.

식물이 잘 자라는 기후라서 사철 꽃이 피고, 꽃은 저마다의 향기를 풀풀 날렸기에 여자아이들에게는 흐엉이란 이름이 많다고 했다.

간신히 말이 통하게 된 뒤에 흐엉이 고백한 바에 의하면 일 년 내내 관광객들이 몰려드는 그곳에서 흐엉은 관광객을 태워주는 일을 하거나, 배에 열대 과일을 싣고 팔러 다녔다. 그런데 장사를 한다기보다는 자신이 그 배의 노 같다는 생각에 빠졌고,

이동식 배 상점의 작은 바구니 같은 기분이었다고.

흐엉은 또 슬픈 눈으로 말했었다. 사람들이 많이 오니까 첨엔 기뻤지. 사람들을 만나게 되면 나도, 내가 사는 곳도 달라질 테니까. 그런데 그게 아니었어.

경치를 즐기거나 과일을 사먹는 그 많은 사람 중 누구도 흐엉을 눈여겨보지 않았고, 그 때문에 흐엉은 화가 났었단다.

그러니까 흐엉은 조금 못사는 나라에서 조금 잘사는 나라로 돈에 팔려 시집을 온 것이 아니라, 경승지의 자연과 풍경 속에 포함된 자신을 세상 밖으로 끄집어내고 싶었던 것이었다.

에메랄드 빛 바다와 보석 같은 섬들이 자기를 먹어버릴 것이라고 생각했던 흐엉은 이곳에 와서 사철 다르게 변하는 산과 들을 보고 첨엔 무척 신기했다고 했다.

더웠다가 추워지고 추운가 하면 다시 따뜻해지는 기후의 변화가 주는 긴장감만으로도 어쩐지 팽팽하게 살아지는 것 같았다는 말에는 물론 동감이었다. 그러나 환경이란 익숙해지면 곧 공기처럼 밍밍해지는 것이었다. 호기심 많고 의욕이 넘치는 흐엉의 나이는 이제 스물두 살. 나날이 변하는 것이 오히려 당연했다.

나는 무릎을 두 손으로 감싸 안고 눈을 감았다.

감은 눈 속의 새까만 시야에 커다란 새 한 마리가 날아왔다.

새는 내 눈을 쪼기 시작했다. 콩콩, 콩알을 쪼듯이 새가 쪼아대
는 눈이 아팠다.

목욕탕을 나오자 해가 서쪽으로 한참 기웃해져 있었다. 공기
는 맑고 시원했으며, 이마에서는 땀이 흘렀다. 건성이긴 했지만
어쨌든 목욕을 한 덕분에 기분은 조금 나아져 있었다.

사위어가는 햇빛 속에서 사람들의 얼굴은 약간 붉었고, 가게
와 가로수, 자동차와 간판은 어느 정도 짙은 색을 띠고 있었다.

나는 목욕탕 앞에 놓인 간이의자에 앉아 흐엉을 기다리기 시
작했다. 두 시간이 충분히 채워지고 다시 한 시간이 지났을 때
야 세희 아줌마의 마티즈가 내 앞에 와서 멈췄다. 얼른 뒷자리
에 올랐다.

초조한 기다림 때문에 불편했던 마음이 한꺼번에 녹아버렸
다. 나는 목욕 바구니를 들고 세희 아줌마 뒤에 자리를 잡았다.

할인마트 로고가 찍힌 비닐봉지를 들여다봤다. 설탕, 식용유,
커피믹스, 국수와 함께 손질이 잘 된 고등어 팩 두 개가 들어 있
었다. 고등어 같은 건 아무래도 좋았던 나는, 비닐봉지 속을 몇
번 더 쑤석거려봤지만 내 양말은 보이지 않았다.

햄버거는 그렇다 쳐도 양말쯤은 챙겨줄 수 있잖아. 서운하고
야속하다 못해 약이 올라 나는 흐엉의 뒷모습을 노려봤다. 그렇
지만 뭐라고 한마디를 하려다 말고 그만 입을 다물었다.

차가 멈추고, 내가 오르고 하는 동안에 운전대를 꽉 잡고 신경질적으로 껌을 질겅거리고 있는 세희 아줌마 때문이 아니라, 꼿꼿하다 못해 단단하게 굳어버린 듯한 흐엉의 뒷모습이 예사롭지 않았다.

이 분위기는 또 뭐야? 조심성 없이 출발한 차 때문에 몸이 기울기는 했지만 나는 흐엉을 살폈다. 두 사람 사이에 무슨 일이 있었구나 싶자 어쩐지 통쾌하긴 했지만, 어색하고 살벌한 침묵 때문에 차 안의 공기가 다 빠져나가버린 것처럼 답답했다.

차문을 열고 싶은 마음을 누르고 나는 엠피쓰리를 귀에 꽂았다. Jojo was a man who thought he was a loner. But he knew it wouldn't last. Jojo left his home in Tucson, Arizona for some California grass.

차창 밖에 쌓여 있는 눅진한 늦은 봄날의 공기를 느끼며 나는 노래를 따라 불렀다. 조조는 외롭다고 생각하는 사람이었어. 하지만 그 외로움이 오래 가지 않을 걸 알고 있었지. 조조는 아리조나 턱슨에 있는 집을 나와 캘리포니아의 초원을 향해 떠났어.

나는 외로웠지만 그 외로움이 인생의 끝까지 계속된다고 생각하고 싶지 않았다.

쉴 새 없이 고부라지는 길을 제법 달린 뒤에야 세희 아줌마가 먼저 차창을 열었다.

산에는 무거운 이내가 내려와 있었고, 나무와 수풀은 이내 때문에 어두운 녹색을 띠고 있었다. 얼굴에 몰아치는 바람을 향해 하아 입을 벌렸을 때 세희 아줌마가 큰소리로 말했다.

"유리 너, 비밀 잘 지키지?"

침묵이 깨진 것에 안도하려던 나는 곧 마음을 다잡아야만 했다. 뒤돌아보는 세희 아줌마의 입꼬리가 살짝 비뚤어져 있었다. 말하는 투로 봐서 묻는다기보다는 확인을 위한 언질 같았다.

이럴 땐 꼬투리 잡히지 않게 조심해야 한다고 생각하면서 내가 대답했다.

"유린 입 무거워요. 흐엉한테 물어보면 알아요."

그렇지, 흐엉? 하고 동의를 구하려고 했지만, 그만뒀다. 흐엉은 여전히 앞만 쳐다보고 있었고, 세희 아줌마를 통해 같은 말을 하고 있는 것 같았다. 나는 두 사람이 원하는 게 뭔지 재빨리 생각해냈다.

"골프 연습장 간 거 아니라도 괜찮아요."

'흐엉이 떠나지만 않는다면' 이라는 말을 꿀꺽 삼키고서 나는 기다렸는데, 세희 아줌마가 삿대질이라도 하는 것처럼 톤을 높였다.

"하긴 주둥이 촐싹거려봤자 무슨 소용이겠니? 누가 네 말을 믿어주기나 하겠어? 흐엉도 마찬가지 아니겠어?"

그래놓고 세희 아줌마가 급하게 핸들을 돌리는 바람에 나는 휘우뚱 기울었다. 기울어진 몸을 바로잡고 보니 대꾸할 말이 없었다.

세희 아줌마 말이 옳았다. 내 말을 들어줄 사람은 세상에 아무도 없었다. 큰물에 휩쓸려 온 쓰레기가 아무데나 걸려 멈추듯 이곳에 걸린 뒤로 나는 늘 혼자였다. 비밀을 지키고 싶어서가 아니라 말할 데가 없어서 입이 무거워졌던 것이다.

흐엉이 골프 연습장에 다니고, 먼 나라에 몰래 돈을 보내고 있다는 말을 일러봤자 삼촌 속만 뒤집어놓을 것이 분명한 터에, 입을 다물지 않을 수 없었다.

그렇지만 흐엉은 달랐다. 흐엉은 얼마든지 말할 수 있었고, 속일 수도 있었다. 나야 그렇다 치고 흐엉까지 싸잡아서 천덕꾸러기 취급하는 세희 아줌마가 얄미워서 한마디 해주려고 할 때, 흐엉이 먼저 입을 열었다. 날카롭고 짜증에 찬, 낮에 들었던 그 암고양이 소리였다.

"오늘 내 돈 준다고 했잖아. 그런데 왜 안 주는 거야? 세희 씨 도둑놈이야."

흐엉의 목소리는 끝 부분에서 덜덜 떨리고 있었지만, 세희 아줌마는 껌을 질겅질겅 씹으면서 태연히 대꾸했다.

"야 이 년아. 좀 더 기다리랬잖아."

낯설고 이상한 목소리가 운전석에서 들려왔다. 이제까지 들어본 적이 없는 목소리였다. 천박함과 비열함이 잔뜩 묻은 그 목소리가 세희 아줌마의 것이 확실하다는 걸 알게 되자 나는 흠칫 몸을 떨었다.

아, 이거였어. 상냥하고 발랄한 목소리 뒤에 언제나 깔려 있곤 하던 알 수 없이 어두운 여운의 정체는, 바로 이거였어.

나는 흐엉과 세희 아줌마 사이에 무슨 일이 있었는지, 왜 그렇게 무거운 침묵을 달고 나를 데리러 왔는지 재빨리 따져보았다.

가까워지면 돈도 빌리고 옷도 빌리고 화장품도 나눠 쓰고 하는 게 여자들이었다. 흐엉이 외출할 수 있게 돈을 빌려주고, 자기 입던 옷을 갖다 주고 화장품 샘플을 안겨준 속셈이, 아무리 생각해봐도 종잡을 수 없던 세희 아줌마의 속마음이 그제야 환하게 들여다보였다.

세희 아줌마가 헤픈 웃음을 흘리며 흐엉을 찾아왔을 때 눈두덩이 시퍼래 있었지 아마? 하고 생각하고 있을 때 흐엉이 조금 더 날카로워진 소리로 말했다.

"하롱에 돈 보내야 돼. 아버지 배도 고쳐야 되고, 엄마 약도 사야 돼. 그러니 내 돈 줘."

흐엉의 목소리는 삼촌에게 일주일 치 노동에 해당하는 돈을 내놓으라고 할 때보다 더 간절하고 날이 서 있었다. 그러나 세희 아줌마는 여유만만에, 건들건들이었다.

"병신 같은 년. 네가 나한테 돈 주는 거 누구 본 사람 있어? 없잖아! 가만 있으면 절반이라도 건지겠지만 자꾸 지랄하면 돈이고 뭐고, 젊은 월남 새끼하고 붙어먹었다고 확 소문내버린다? 그럼 넌 끝장이야."

가슴이 쿵쿵 뛰었다. 기분이나 감정 같은 건 웬만큼 다스릴 줄 알게 되었다고 생각했는데, 걷잡을 수 없는 충동이 나를 흔들었다.

나는 주먹을 꼭 쥐고 눈을 부릅뜬 채로 세희 아줌마의 뒤통수를 노려봤다. 곱슬곱슬 보기 좋게 묶어서 캡을 눌러쓴 머리가 살짝 엿보였다.

이래서는 안 돼, 하고 속으로 외쳤지만 내 손은 이미 세희 아줌마의 머리채를 힘껏 잡아당기고 있었다.

날카로운 소리를 내며 차가 섰다. 머리채를 바짝 당겨서 흔들어주려는 순간에 의자 등받이가 왈칵 젖혀지면서 손아귀에 힘이 빠졌다.

세희 아줌마의 반사적이고 즉각적인 대응이었다. 등받이에 얻어맞은 얼굴과 가슴과 무릎이 얼얼했다.

"아니, 이 년이."

머리채를 되찾은 세희 아줌마가 서슬 푸른 동작으로 안전벨트를 풀고 차에서 내렸다.

뒷자리의 문이 열리고 가슴과 얼굴에 투덕투덕 주먹과 발길이 날아온 것은 아주 잠시 뒤였다.

얼굴을 감싼 채 허우적거리는 나를 세희 아줌마가 난폭하게 끌어내렸다. 호리호리하고 간들거리기만 하던 몸 어디에 그런 억센 힘이 있었는지 모를 일이었다.

나는 길바닥에 내동댕이쳐진 채 잠시 가만히 있었다. 흐엉이 와서 나를 부축해 일으켰다. 나는 천천히 일어났다. 얼굴이 화끈거리고 무릎이 까져서 피가 났다.

입술을 꼭 깨물고 노려보고 있는 사이에 세희 아줌마는 더러운 것이라도 묻은 것처럼 손을 탁탁 털면서 운전석에 앉았다. 그리고 뒷자리에 있던 커다란 비닐봉지를 길바닥에 내던졌다.

"거지 같은 것들이 까불고 있어."

세희 아줌마가 차창으로 고개를 내밀더니 껌을 탁 뱉었다. 엔진 소리가 났다. 세희 아줌마의 차가 눈앞에서 흐엉의 고등어를 깔아뭉개며 떠났다.

이내가 내려온 호젓한 산길이었다. 멀어지는 차 꽁무니가 반딧불처럼 깜빡깜빡했다.

196

흐엉은 가만히 서 있었다. 언제까지 움직이지 않을 것처럼 빳빳하게 서 있는 흐엉의 나풀거리는 원피스를 흔들며, 세찬 바람 한 줄기가 지나갔다.

비비

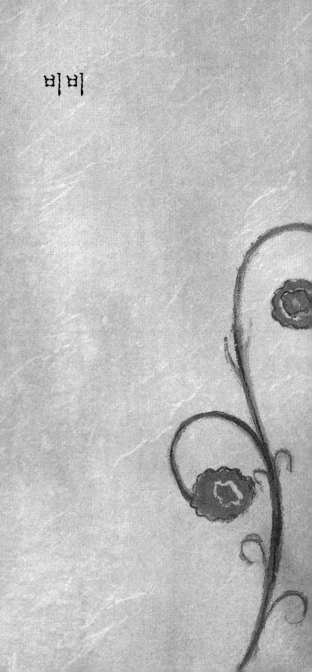

쉿, 이건 비밀이다.
지난 3년 동안 일주일에 두 번 그녀와 내가
저녁 시간을 함께 보낸 일은.

—황주리의 그림 〈추억제〉에 붙여

그녀를 처음 만난 것은 길모퉁이 건물 12층에 있는 회사에 올라가려고 엘리베이터를 기다리던 아침이었다.

굽이 낮은 구두에다 길이가 아주 짧은 흰색 면바지와 연하늘색 빈티지 재킷을 입은 그녀가 엘리베이터 앞에 서 있었다. 내가 다니는 회사가 입주해 있는 건물에서는 대체로 흔한 스타일이었지만, 어쩐지 눈길이 갔다. 야릇한 끌림에 슬쩍 쳐다보니 그녀가 검지로 자기 이마를 짚으며 말했다.

"안녕하세요? 좋은 아침이죠, 비비?"

까맣고 커다란 눈은 장난스럽게 깜빡거렸고, 어미가 부드러운 종이처럼 도르르 말렸다.

나는 어깨를 으쓱하면서 윗몸을 뒤로 슬쩍 당겼다. 뭐야, 이건? 난 슬쩍 쳐다봤을 뿐이라고. 어쩌자는 거야, 쳇.

도도하게 눈을 내리깔지도 않고, 플로랄 향기처럼 담담하지도 않은 그녀에게서 호감이 느껴지지 않았다. 오히려 뭐 이런 여자가 다 있어? 흥미 없어, 하고 중얼대고 있을 때 엘리베이터가 와서 멈췄다.

먼저 엘리베이터를 탄 그녀가 검지를 구부리며 다시 말했다.

"난 아무 짓도 안 해요, 비비."

그녀가 아무 짓도 하지 않은 것처럼 나는 아무 말도 하지 않았다. 엘리베이터도 침묵을 지켰다. 출근 시간이었지만 출근하던 사람들이 모두 일시정지에 걸린 듯, 엘리베이터는 12층에서 잠자코 멈췄다.

문이 열리고, 복도에 발을 디딘 나는 약간의 망설임 끝에 뒤돌아보았다. 그녀가 검지를 세운 채 흔들면서 "비비" 하고 말하는 순간, 엘리베이터의 문이 닫혔다.

두 번째 만남도 비슷한 우연으로 이루어졌다.

사흘 뒤 퇴근 시간. 지하주차장에 가려고 엘리베이터 앞에 서 있었다. 약간의 시간이 지난 뒤 엘리베이터가 왔는데, 거기 그녀가 있었다. 굽이 낮은 구두를 신고 있었고, 길이가 짧고 연하늘색인 면바지와 흰색 빈티지 재킷 차림이었다.

나는 그녀가 나보다 높은 층에 근무하고 있으며, 또다시 마주칠 확률이 높다는 판단을 내렸다. 그렇다면 냉담을 유지하기보다 약간 친밀한 척해도 좋을 거라 생각했고, 때문에 모르는 사이 어설프고도 희미한 미소를 지었다.

"뭐가 잘못 됐나요, 비비?"

그녀가 검지로 자기 이마를 짚는 동작을 되풀이하며 휘둥그레진 투로 말했다. 나는 냉담과 친밀 사이에서 갈등하기를 멈췄다. 그녀의 태도가 뭘 의미하는지 알 수 없었지만, 나쁠 건 없었다.

"잘못된 건 아무것도 없어요. 하지만 뭐, 모든 게 잘못됐다고 할 수도 있죠, 비비."

그녀의 '비비'가 시시비비(是是非非)의 '비비(非非)'인지, 노고지리의 비뱃종 비뱃종 비비의 '비비'인지, 유치하게 비비 꼬면서 내숭을 떠는 족속들의 '비비(悱悱)'인지, 피부 결점을 가리고 보완하는 데 탁월한 효과가 있다는 비비크림의 'BB'인지, 서아프리카 삼림지대에 서식한다는 개코원숭이를 통상적으로 부를 때의 '비비(狒狒)'인지, 광대놀음이나 꼭두각시놀이에서 괴상한 탈을 쓰고 양반을 응징하는 그 영노 '비비'인지,

비일비재(非一非再)의 뜻을 가진 '비비(比比)'인지, 그날처럼 부슬부슬 내리는 비(雨)에 감탄하는 '비, 비!'인지, 몸짱 가수 비를 열광적으로 부를 때의 '비! 비!'인지 알 수 없는 채로 나는 그녀에게 '비비'라고 대꾸하고 있었다.

"그렇군요, 비비."

그녀가 갠 하늘처럼 말끔하게 웃었다. 그리고 그녀와 나는 지하주차장에서 내렸다. 그녀는 자연스럽게 내 차에 올랐고, 나는 휘파람을 불면서 주차장을 빠져나갔다.

그녀와 나는 샤부샤부를 먹고 맥주를 마셨다. 서로에 대해 아는 것이 아무것도 없다는 사실 때문에 턱없이 마음이 편안했다.

헤어질 때 그녀는 검지를 이마에 대고 말했다.

"안녕 비비."

세 번째부터는 모든 게 자연스러웠다. 그녀는 일주일에 두 번 엘리베이터에 있었고, 그때마다 나와 저녁을 먹거나 맥주를 마셨다. 그녀의 주량은 대단하지 않아서 세 병쯤에서 항상 자리를 털었다. 조금 더 함께 있고 싶다는 생각이 들기는 했지만 미련스럽게 보일까 봐 내색하지 않았다.

그렇게 일주일에 두 번 정도 저녁을 먹고 맥주를 마셨지만 우리가 나눈 대화는 별로 많지 않았다. 서로 말하고 싶은 게 뭔지 충분히 알고 있다는 듯이 가식적이고도 친근하게 눈빛을 교환

했을 뿐.

시간은 천천히, 또 빠르게 흘러갔지만 그녀와 나 사이에는 관계의 변화나 진전을 모색하려는 어떤 시도도 일어나지 않았다. 보도블록을 들추면 곧장 만나게 되는 흙처럼 자신을 감춘 태세를 흐트리지 않고 조용히 스파게티나 샤부샤부, 월남쌈과 훈제오리를 먹었고, 내용물을 다 먹고 던져버린 종이컵처럼 헤어졌다.

그녀와의 만남은 비밀스러움에 비한다면 그렇게 큰 성과를 거둔 것은 아니었으나, 그녀와 함께 있을 때 세상의 풍경은 확실히 달라 보였다. 편의점 앞의 파라솔이나 낡은 건물, 찻집이나 식당에서 마주치는 모든 사람들이 깨끗이 세탁한 옷을 입고 있었다. 도시는 한층 활발했으며, 나는 조금 잘 웃는 사람이 되었다.

"어이, 좋아 보이는군. 연애해?"

옆자리 케이가 가끔 장난처럼 물었을 때, 그녀가 채워주는 공백에 대해 말하는 것이 좋을까 나쁠까 한참 고민했으나, 나는 결국 말하지 않았다.

그들이 비비총을 들고 나타난 것은 그녀와 내가 만난 지 3년이 막 지났을 무렵이었다. 정확히 말하면 그녀와의 밋밋한 만남에 대해 내가 따분함을 느끼기 시작했을 무렵.

전날 퇴근 후 곧장 집에 들어가서 혼자 저녁을 먹었고, 샤워를 마쳤을 때 아내가 돌아왔고, 나란히 앉아서 텔레비전을 보다가 잠자리에 들었던 월요일 저녁이 평온했던 덕분에, 출근 시간이 5분 정도 빨랐다는 것 외에 특별하지 않았던 화요일.

이메일을 열어보고 메시지들을 처리하고 난 뒤 엑셀 창을 열어놓고 일을 시작했을 대, 옆자리 케이가 말했다.

"속이 가슬가슬해."

과음을 한데다 아내와의 신경전까지 겹쳤다면서 케이는 점심시간에 우거지탕을 먹으러 가자고 했다. 회사가 있는 건물에서 세 번 모퉁이를 돌고 난 뒤에 오른쪽 골목으로 들어가면 우거지탕을 기막히게 하는 집이 있다면서 말이다.

케이는 메마른 속을 손바닥으로 쓰다듬는 시늉을 하면서 자기 아내를 겨냥한 듯 새끼손가락을 펴서 두 번 흔들고 접었다.

나는 케이의 투정에 똑같은 방식으로 대꾸했다. 그리고 무심결에 '비비' 하고 중얼거렸다. 헤어질 때마다 검지를 이마에 갖다 대고 "안녕 비비" 하고 그녀와 인사를 나누던 습관이 케이가 흔드는 새끼손가락을 보고는 반사적으로 튀어나온 것이었다.

"비비?"

케이가 고개를 갸웃거렸다. 나는 황급히 손사래를 쳤다.

"아니라는 뜻이야. 탕 같은 거 안 먹어도 내 속은 충분히 축축하다고."

"으흥, 비비(非非). 참신한데."

"국 같은 건 이제 전통음식 아냐?"

국이라는 음식을 집에서 만들기도 한다는 사실을 알고 난 뒤 아내가 했던 말을 태연히, 마치 내 것인 듯 케이에게 전하며 사태를 얼버무렸다. 국이야 어찌됐든 그녀에 대한 어떤 힌트도 남겨서는 안 된다는 생각에 골몰하면서 말이다.

다행히 케이는 그녀의 존재를 전혀 눈치채지 못했고, 내 취향을 고려한 것이 분명한 태도로, 지금 우리가 속해 있는 생활세계에서 본다면 국 같은 건 전통음식이 맞고, 괴상한 냄새를 피우는 여러 종류의 국에서 탈출하는 것이 세대를 뛰어넘는 거라면, 서른여덟은 과도기나 이행기에 속하는 나이라서 억울한 데가 있다고 투덜거렸다. 케이의 메마른 속을 사포로 문질러버린 것 같아서 나는 슬그머니 입을 다물었다.

12시 정각. 케이와 나는 거의 동시에 컴퓨터를 끄고 엉덩이를 반쯤 들었다. 그리고 케이와 내가 그렇게 행동하고 있는 순간에 자동여닫이식 출입문이 활짝 열렸다. 내가 다니는 회사는 12층을 통째로 사용하고 있었는데, 엘리베이터에서부터 시작되는 12층에는 모두 다섯 개의 방이 있었으며, 각 방마다 자동문이 설치돼 있었다. 다섯 개의 자동문은 낡은 건물이나 회사 돌아가는 형편만큼이나 자주 고장이 났다.

내가 다니는 회사는 50년 동안 이것저것 닥치는 대로 수입해서 파는 업태였다. 이곳저곳 여행하는 게 취미인지 직업인지 모를 사장이 필이 꽂히는 물건을 소규모로, 혹은 대규모로 사들여서 파는 회사이고 매출액은 들쑥날쑥이었다. 들쑥일 때나 날쑥일 때 그 자동문은 대대적으로 인원을 끌어모으거나 기요틴처럼 싹둑 직원의 목을 잘랐다. 사장은 수입물품을 결정하는 일만큼이나 직원을 내보내고 새로 들이는 일에 즉흥적이어서, 직원의 평균 재직기간은 고작 3년에 불과했다. 그래서 자동문의 상태에 대해서 관심을 가지는 사람은 아무도 없었다.

그런데도 나와 케이를 비롯한 다섯 쌍의 눈알들이 일제히 자동문 쪽으로 쏠린 것은 그곳에서 발산되는 야릇한 파동 때문이었다. 자동문 왼쪽 모퉁이에 자리 잡은 화장실에서 새어나오는 불쾌한 냄새처럼 정체된 실내 공기를 균열시키는 이상하고도 미묘한 파동.

다섯 쌍의 눈알들은 검은색 정장 차림에 검은색 선글라스를 쓴 네 사람이 자동감응장치 아래 나란히 서 있고, 아주 짧은 순간에 실내를 경직시킨 이상한 파동이 그들의 등장 때문이라는 사실을 확인했다. 주전자와 다리미, 자전거와 골프용품, 화장품과 시계 등 회사가 취급하는 수십 가지 품목의 목록을 점검하는 부서에 외부인이 출입하는 경우란 거의 없었던 터라, 직원들은 일제히 뜨악한 표정으로 그들을 주목했다.

한결같이 검은색 정장을 입은 네 사람 중 하나는 좀 뚱뚱하고 키가 컸다. 또 다른 하나는 머리카락이 길고 볼륨 있는 곡선을 가지고 있었고, 나머지 둘은 평범한 몸피였다. 그들은 두 대의 바이올린과 한 대의 비올라, 그리고 한 대의 첼로로 조직된 콰르텟처럼 구성되어 있었다.

너절한 수입품의 가격과 판매량을 체크하는 일에 종사하기 전 어느 시절에 꿈꾸었던 콰르텟의 환영을 그들에게서 발견한 순간, 나는 눈을 크게 깜빡거렸다. 검은색 정장을 입고 정중한 태도로 관중 앞에 서서 현악기를 연주한 뒤 가슴을 활짝 편 자세로 박수를 받을 때의 기쁨과 만족감으로 뛰는 심장의 고동이 느껴졌다. 어떤 거짓됨도 개입되지 않고 순수한 열정으로 응축된 그 고동소리를 나는 얼마나 꿈꾸었던가. 기억조차 희미한 과거의 한 장면 속으로 갑자기 이동한 듯 나는 잠시 어리둥절했다.

하지만 나는 곧 환각에서 벗어나 시시한 무역회사 관리부 직원의 신분으로 돌아왔다. 그리고 케이를 비롯한 나머지 직원들이 분명히 그랬을 것처럼, 환율 상승과 장기적인 경기침체를 빌미로 삼 년째 월급인상을 보류하고 있는 사장이 세금을 내지 않았거나 여신관리법을 위반했거나 기타 등등의 사유로 국세청이나 국정원이나 감사원의 비위를 거슬렀을 거라는 상식적이고도 예상 가능한 결론에 이르렀다.

세상일을 아무리 우연과 우연의 결합으로 이해한다 해도, 어느 날 어떤 도시에 있는 어떤 회사에, 콰르텟이 등장할 확률은 국세청이나 국정원이나 감사원 직원들이 들이닥칠 확률보다 확실히 낮았으니까.

그런데 재빨리 벗어났음에도 불구하고 나는 다시 국세청이나, 국정원이나, 감사원이 아닌 콰르텟 연주 환각상태로 되돌아가고 말았다. 직원들의 눈길과 함께 내 눈길이 멈추는 순간 검은색들은 소지하고 온 검정 가죽 케이스를 바닥에 내려놓았는데, 아무리 봐도 손질이 잘된 그들의 케이스는 바이올린과 비올라, 그리고 첼로를 담기에 딱 맞춤한 크기였던 것이다. 거기다 그들은 자신들의 정체를 분명히 하겠다는 듯, 한쪽 무릎을 세우고 앉아서 엄숙하게 케이스를 열었다.

그들이 가죽 케이스에서 악기를 꺼내서, 바이올린이든 비올라든 첼로든, 연주 자세를 취하는 장면을 재빨리 머릿속에서 완성한 나는 이런 일이라면 가끔 일어나도 좋겠다고 생각했다. 그러나 양쪽에서 잡아당기고 있는 명주실 한 올을 칼로 끊었을 때 그것이 끊어지는 데 소요된 시각이라는 64찰나, 혹은 손가락을 한 번 튕기는 데 걸리는 시각이라는 65찰나에, 한쪽 무릎은 세우고 다른 한쪽 무릎은 바닥에 댄 채로 케이스를 열고 그들이 꺼낸 것은 악기가 아니라 연발식 기관총이었다. 내 상상력이 박살나는 데 걸린 시각만큼 그들의 동작은 아주 빨랐고, 군더더기 없는 동작으로 탄창을 끼웠다.

오도도도도. 이탱이탱이탱이탱. 팽팽하고 탱글탱글한 소리와 함께 총탄이 쏟아지기 시작했다. 막 우거지탕을 먹으러 가려던 참이었던 나는 반사적으로 바닥에 납작 엎드렸고, 물컹하게 삶아진 우거지가 된 기분으로 끔찍한 그 상황 속으로 끌려들어갔다.

책상과 벽, 천장과 바닥에 무차별 쏟아지는 총탄 중의 하나가 몸에 박힐지도 모른다는 무서움과 놀라움, 당혹스러움과 긴장감 때문에 눈앞이 뿌옇게 흐려졌다. 나머지 직원들도 재빠르고도 본능적인 동작으로 책상 아래로 기어들거나 바닥에 엎드렸고, 그중 하나는 끔찍스럽고도 히스테릭한 비명을 목청껏 뽑아냈다.

물건을 팔고 대금을 지불하거나 대금을 먼저 받고 물건을 제공하거나 간에, 결국엔 총기로 끝장을 봐야 거래관계가 완료되는 마약, 총기, 금괴밀수, 비밀스런 스파이 활동 등의 단어들이 재빨리 뇌리를 스치고 지나갔다. 사장이 무역업을 핑계로 엉뚱한 장사를 하고 있었던 거라면, 빌어먹을 사장 때문에 개죽음을 당하게 되는 더럽게 재수 없는 경우였다.

나는 두 손으로 머리를 감싸 쥐고 바닥에 엎드린 채로 몸서리를 쳤다. 수많은 영화를 보았고, 수많은 드라마를 보았고, 수많은 책을 읽었지만 그것은 생활에서 일어나는 일이 아니어서 별로 현실감이 없었다. 생생하고 풍부한 영상과 소리를 통한 간접체험들이란 따지고 보면 순간적인 착각에 지나지 않았다. 그런데 놀라움과 무서움, 죽음에 직면한 순간의 절박한 긴장감이 완벽하게 섞여서 무감각해진 의식을 깨우고 있었다.

오 브라보! 나는 신음했다. 이것이 정말 내 생의 한 부분에 삽입된 장면이라면 나쁘지 않잖아. 섬유올처럼 직조된 월급쟁이의 인생이란 백발 성성해진 뒤에 압축해보면 1밀리미터도 되지 않을 텐데, 이런 순간이란 어쩌면 공주님의 이불 속에 숨겨진 완두콩 같은 거지. 빗발치는 총탄 속에 나는 너무 일찍 막다른 곳에 도달해버린 내 삶을 내던지고 싶은 충동을 억누를 수 없었다. 될 대로 되라지, 지금 당장 끝장난다 해도 무슨 문제람?

상황에 운명을 내맡기고 나니 꿈도 영화도 아닌 현실세계에 내가 있음이 신기하고 황홀했다. 훈련되지 않은 채로 전장에 투입된 고대국가의 병사들이 내지르는 함성이랄까, 곡절이 분명치 않은 아우성이랄까, 화재감지기가 작동하고 폭포처럼 물이 쏟아지는 소리랄까. 난사되는 총탄 속에서 되살아난 감각들이 낭자한 선혈과 살의 찢어짐, 흩어지는 유탄과 신음과 아우성에 힘입어 제멋대로 날뛰기 시작했다. 그리고 어느 순간, 모든 감각이 사라졌다.

무서운 고요가 시작되었다. 이제 죽은 건가? 총알이 어디에 박힌 거야? 심장을 관통했거나 머리를 으깨놓았다면 시체 미용사 신세를 져야 할 거야. 몇 가지 생각이 지나가는 동안에도 고요는 계속되었다. 몸 어딘가에 총알이 박혔고, 그로 인해 내 심장이 멈춘 걸까? 아, 그렇게 열심히 살았건만 시시하게도 끝장나는군. 개괄해볼 주요 장면도 없이 허접했던 날들이었지만 한순간에 삭제해버릴 만큼 의미 없진 않았을 텐데….

소리가 제거된 세계 속에서 나는 살그머니 눈을 떴다. 갑작스런 사고로 죽은 뒤에 자신이 죽었는지 살았는지 분간이 안 돼서 갈팡질팡하던 영화 속 인물처럼 어리석은 짓은 하지 말아야지.

내 몸이 허공으로 떠오르지 않게 엎드린 자세에서 나는 두 손으로 바닥을 짚었다. 손바닥에 단단하고 작은 녹두알 같은 것이 박혔다. 나는 반사적으로 "아야" 하고 말했다. 그리고 무릎을 바닥에 대고 무심결에 통증의 근원지인 손바닥을 들여다봤다. 하얗고 까만 것이 손바닥에서 굴러떨어졌다. 그것들은 사방에 흩어진 자기 동료들과 합해져서 무리를 이루었다. 나는 아연해서 그것들을 내려다봤다. 사방에 흩어져 나뒹구는 녹두알만 한 크기의 그것들은 비비탄이었다.

삶과 죽음의 경계를 오가게 한 것의 정체가 비비탄이라니, 어이가 없었다. 살상을 목적으로 하는 실제 총탄이 아니라 비비탄이어서 날카롭고 금속성이고 파괴적인 소리 대신에 오도도도도 이탱이탱이탱이탱이었구나 추리하는 사이, 등과 머리가 따끔거렸다. 그들이 다시 난사를 시작한 것이었다. 오도도도도. 이탱이탱이탱이탱.

두 손으로 머리를 감싸고 나는 다시 바닥에 엎드렸다. 희고 검고 빨갛고 파란 네 가지 색깔의 비비탄은 천장과 벽, 책상과 의자, 캐비닛과 칸막이, 모니터와 키보드, 서류들, 의자를 비롯해 사람을 가리지 않고 팽팽한 압력을 머금은 채 무차별 돌진해서 빛처럼 반사각을 이루며 튀어 올랐고, 예측할 수 없는 방향으로 흩어져 함부로 뒹굴었다.

딱딱하고 손에 잘 잡히지 않는 크기에다 제멋대로 굴러다니는 비비탄은 자제력과 분별력을 갖춘 것도 아니어서 엎드린 자세의 내 엉덩이와 종아리를 사정없이 때렸다. 그중 심술궂고 촐랑대는 것들은 호주머니에 파고들기도 했다. 또 그것들은 머리를 싸쥔 팔과 미처 가리지 못한 내 뺨을 콕콕 찔렀을 뿐 아니라

214

안경을 떨어뜨렸다.

감싸지 못해 노출된 목덜미에서 아릿한 통증이 느껴지는 가운데, 놀랍지도 무섭지도 않고 당혹스런 긴장감 때문에 가슴이 답답하지도 않은 채로, 분노가 용암처럼 끓어오르기 시작했다. 분명하고도 확실하게 체험했던, 살이 찢어지고 머리가 으깨지는 그 순간들이 실제가 아니었다는 불쾌함이 야기한 분노에 의해서 내 몸의 자연성은 즉각적인 행동을 취했다. 그 행동이란 두 손으로 얼굴과 눈을 가린 채 일어나서 비비총을 든 그들에게 항의하는 것이었다.

"멈춰, 멈춰! 당신들 뭐야? 엉?"

여전히 오도도도도 이탱이탱이탱이탱 소리를 내면서 존재감을 과시하고 있는 비비탄이 손바닥에 탁탁 박혔지만 나는 몸을 꼿꼿이 가누었다. 내가 일어났고, 일어나서 뭐라고 소리치는 동안에 케이도 사태를 파악한 모양이었다. 케이는 나보다 훨씬 신속한 동작으로 벌떡 일어나서 "멈춰, 멈춰! 당신들 뭐야? 엉?" 하고 덩달아 소리쳤다. 케이와 나는 곁눈질을 하거나 마주보지 않았지만, 오 년 동안 책상을 나란히 하고 있었던 덕분에 목소리만으로도 충분히 마음이 통했다.

술을 좋아하거나 좋아하지 않는, 편의점을 선호하거나 백화점을 선호하는, 블루마운틴을 즐기거나 헤이즐넛을 즐기는, 빈

티지룩에 매료되거나 엘레강스 스타일에 매료되는 차이에도 불구하고 나와 케이는 약속이라도 한 것처럼 한 걸음씩 앞으로 나가며 검은색 정장들을 향해 삿대질로 맞섰다.

"당신들 뭐야, 엉? 여기가 어디라고 함부로 들어와서 장난질이야?"

그리고 나와 케이는 서로를 돌아보며 "경찰 불러!" 하고 누구에겐지 모르게 소리쳤으며, 거의 동시에 주머니에서 휴대폰을 꺼내 들었다.

그들이 총질을 멈춘 것은 나와 케이가 거의 동시에 1, 1, 2를 누르고 통화 버튼을 눌렀을 때였다. 사방으로 물방울처럼 튀던 비비탄의 마지막 몇 개가 아쉬운 듯 포물선을 그리며 떨어지고, 그들이 총구를 내렸다. 그리고 네 사람이 동시에 회심의 미소를 머금으면서 엄지손가락으로 제각기 이마를 짚으며 '비비' 하고 포연을 날리듯 말했다.

비비? 나는 밀물에 쓸려가다 암초에 걸린 미역처럼 푸르르 머리를 흔들었다. 그건 그녀가 이따금 말꼬리에 매달아 사용하던 것이었다. 비비와 함께 그녀가 떠오르자 내 머리는 다시 명주실이 어떻고 손가락이 어떻고 하는 찰나의 개념을 뛰어넘어 나노세컨드나 피코세컨드의 속도로 연산을 시작했고, 아토세컨드나 펨토세컨드의 속도로 바닥에 엎드리기 전에 보았던 검은색 정장 네 사람과 검은색 선글라스 네 개와 검은색 가죽 케이스 네 개, 그중에서 볼륨 있는 몸매, 머리카락이 길고 다리가 긴 실루엣에서 그녀의 모습을 투시해냈다. 그러나 내가 더 이상 어떻게 해볼 겨를도 주지 않고 그들은 자동문 앞에서 사라져버렸다. 언제 그들을 들여보냈냐는 듯, 자동문은 닫혀 있었다.

경찰은 내가 다니는 회사가 입주해 있는 12층은 물론이고, 내가 다니는 회사가 있는 건물 전체뿐만 아니라, 내가 다니는 회사가 있는 건물 주변의 여러 개의 건물과, 내가 다니는 회사가 있는 건물이 세금을 내는 도시 전체, 내가 다니는 회사가 있는 건물이 세금을 내는 도시를 관장하는 국가 전체를 상대로 대대적인 수사를 벌였다.

그러나 경찰이 알아낸 것이라곤 그들이 소지했던 비비총이 서바이벌 게임을 즐기는 사람들이 선호하는 최신식이며 꽤 비싸게 판매되는 외국산이라는 점과, 약 3분 동안 비비탄을 쏟아부을 수 있었던 로더는 비교적 싸게 구입할 수 있는 또 다른 외국산이었다는 점 등에 불과했다.

또 그들이 난사한 비비총에 의해 사무실에 낙하한 비비탄이 폭포처럼 많았고, 그래서 사무실이 촤르르르 소리를 내는 비비탄의 물결에 휩싸였다고 생각했던 나와 케이 그리고 직원들의 생각과는 달리 수사에 필요한 증거물로 수거된 비비탄은 20밀리리터들이 종량제 봉투 한 장을 채울 정도밖에 되지 않았다.

경찰 수사가 진행되는 동안 회사는 모든 업무를 중지했다. 기회를 틈타 기요틴을 가동하기로 작정했다는 소문이 나돌았으나 자진해서 사표를 쓰는 사람은 없었다. 사건발생 현장을 보존한답시고 테이프로 사무실을 이틀 동안 봉쇄한 경찰은 원한관계, 치정관계, 금전관계 등 이른바 '비비총습격사건'의 단서를 수집하기 위해 노력했다. 과정에서 나와 케이를 비롯한 다섯 명의 일생이 순차적인 인과관계에 의해 까발려졌으나, 대부분의 사실은 비밀에 부쳐졌다.

경찰이 조사로 분주한 동안 나는 그녀를 찾는 일에 심혈을 기울였다. 그녀를 만난 곳이 엘리베이터였으므로 틈날 때마다 엘리베이터를 타러 갔으며, 건물의 각 층과 방을 좀도둑처럼 기웃거렸다. 비비총을 들고 나타났던 검은색 정장들 중 하나가 그녀임이 틀림없다면 엄지손가락을 이마에 대고 이따금 '비비'라고 말하는 사람들이 그룹을 이루고 있다는 사실을 확인한 셈이었다. 그렇다면 더 이상 따분하고 지루하게 인생을 허비할 필요가 없었다. 그래서 나는 신열에 들뜬 사람처럼 그녀와 비비총을 든 일행을 찾아 헤맸다. 각 층에 입주해 있는 사무실을 방문하고,

사이버공간을 종횡무진 휘젓고 다니기도 했다. 그녀를 비롯한 검은색 정장들을 만나면 무조건 달려가서 힘껏 껴안고, 멤버가 될 작정이었다.

그러나 그녀를 찾는 일은 실패로 끝났다. 참담한 실패의 끝에서 비롯된 체념에 의해 나는 비로소 꿈에서 깨었다. 일주일에 두 번 그녀와 저녁 시간을 함께 보내기는 했으나 나는 그녀에 대해 아는 것이 아무것도 없었던 것이다. 그녀는 다만 '비비'로서 존재했으며, 그녀의 '비비'가 '비비(非非)'도 '비비(悱悱)'도 'BB'도 '비비(狒狒)'도 '비비(比比)'도 '비, 비!'도 '비! 비!'도 아닌 비비총의 '비비'였다는 사실이 어이없었다. 비밀스럽게 누렸던 그녀의 존재가 피부에 일시적인 자극을 가하는 비비 총알처럼 아무런 의미가 없었다면, 그녀에 대한 기억과 함께 일상에서 탈출해 비비총 사단이 되고자 한 열망도 일찌감치 포기하는 게 마땅했다.

이상한 일은 호들갑스럽게 시작되었던 경찰 수사는 일주일도 지나지 않아 슬그머니 꼬리를 내렸는데도, 비비총을 든 그들이 언제 어느 곳에 나타날지 모른다는 두려움이 계속해서 확산되었다는 사실이었다. 불특정 다수를 겨냥한 대규모 살상이 이웃 나라에서 자행된 적이 있다는 사실이 계속해서 환기되었고, 비비총이 아닌 기관총으로 무장한 검은색 정장들이 언제 어느 곳에 나타나 실제 살상을 자행할지 알 수 없는 세상에 살고 있다는 것을 새삼 깨달은 사람들은 외출을 삼갔다.

살판이 난 것은 비비총을 들고 모방범죄를 벌이기 시작한 철딱서니 없고 발칙한 아이들뿐이었다. 그동안 집안에서만 가지고 놀던 비비총을 들고 거리로 몰려나온 아이들은, 아무 곳에나 대고 비비총을 쏘아댔다. 문방구에, 슈퍼마켓에, 베이커리에, 피자집에 비비총을 난사하는 아이들이 늘어나면서 경찰은 대대적인 인력을 골목골목에 배치해야만 했고, 장난감 가게는 여론의 지탄 속에서 모든 총기류 장난감을 압수당했다. 비비총을 판매하는 인터넷쇼핑몰도 모두 문을 닫았다.

이에 만족하지 않고 경찰은, 비비총에 우롱당한 체면을 회복하기 위해 모든 체면을 벗어던지기로 작정했는지, 관할 지구대마다 공공근로자를 대거 투입해서는 각 가정을 방문해 비비총을 비롯한 모든 장난감 총기류를 수거했다. 비비총뿐만 아니라 장난감 총기류를 모두 빼앗긴 아이들은 히스테릭하게 울어대거나 폭식과 과식에 빠져버렸고, 이로 인해 어른들은 엄청난 스트레스에 시달렸다.

부자연스럽고도 돌발적인 죽음이 휴대폰보다 가까운 곳에 도사리고 있다느니, 사는 일이 다만 한 순간에 불과하다느니 하는 말세론적이거나 초월론적인 말들이 대중매체를 통해 공공연히 전파되었고, 사람들은 정말 그렇다고 맞장구를 쳤다.

그러나 언제 그런 일이 있었느냐는 듯 사람들은 다시 활기를 되찾았고, 반복적이고도 고단한 제각각의 업무와 관계들에 대해 불평을 늘어놓았다.

그날의 우스꽝스럽고도 기괴한 상황의 후유증이 가장 오래, 그리고 치명적으로 남은 곳은 사건의 진원지인 내가 다니는 회사였다. 술자리가 있을 때나 점심을 먹을 때, 잠깐 휴게실에서 커피를 마실 때면 직원들은 낮은 목소리로 비비총 습격사건에 대해 이야기를 나눴다.

"얼마나 통쾌했겠어? 모두들 바짝 얼어서 엎드리고 숨고 난리를 쳤으니."

"나도 그런 거 한 번 해보고 싶어. 갑자기 짜안 하고 나타나서 한바탕 놀고 사라져버릴 수 있다면 얼마나 멋질까."

"진짜 총이었다면 더 좋았을 걸. 빠바바바바. 갈겨버리고 싶은 인간이 한둘이어야 말이지."

쉰을 갓 넘긴 부장은 어수선한 회사 분위기를 일신해야 하는 책임감 때문인지 일체 입을 열지 않았지만, 조금 아는 체하고 싶은 대리급들은 대학 다닐 때 데모해본 이력을 제각각 들이대면서 이마에 알콩이라도 한 방 먹이고 싶은 누군가를 몰래 겨냥했다. 실업률의 고공행진 속에서 입사한 신입들은 자신들의 능력과 재능을 과시하려는 욕구를 참지 못하겠는지 월급 인상이나 승진 기회도 서바이벌 게임으로 결정해야 한다고 수군거렸다.

하지만 대리급들은 계속해서 떠들어대기만 했을 뿐 저희들끼리 작당해서 검은색 정장 차림에 선글라스를 쓰고 비비총을 난사하는 일 같은 건 벌이지 않았다. 업무처리능력이 떨어지는 나이 많고 타성에 젖은 선임들을 서바이벌 게임으로 밀어붙이고 싶다던 신입들의 수군거림도 월급날이 일주일 늦춰지자 조용히 가라앉아버렸다.

누구나 다 아는 불황의 시기였다. 경찰에 몇 번 불려 갔다 온 후 회사 경영에 의욕을 상실한 사장은 여기저기 흩어뒀던 돈을 끌어다가 회사가 입주해 있는 건물을 인수하는 일에 착수했다. 직원을 거느리고 회사를 경영하는 일보다 임대사업을 하는 편이 훨씬 수지가 맞는다는 발언을 확인이라도 하듯 사장은 몇몇 직원들을 불러 공공연히 투자를 부탁하는 사태에 이르러, 케이는 제일 먼저 사표를 썼다.

종이상자에 소지품을 챙긴 케이가 미련없이 회사를 떠난 이후 많은 사람들이 같은 길을 택했다. 나도 마침내 종이상자에 소지품을 챙겨 담았다. 그녀의 존재가 약간의 미련을 남겼으나 곧 괜찮아졌다. 그녀를 찾아냈다면 함께 비비총을 들고 우연하고도 돌발적인 습격사건을 일삼으며 황야를 떠도는 무법자처럼 살아볼 수 있었을지 모르지만, 일말의 가능성을 희망으로 연결시킬 만큼 나는 순진하지 않았다. 그녀와의 만남은 내 삶을 예상치 않은 방향으로 이동시켜버렸으나, 나는 내게 주어진 새로운 길을 걸어갈 준비가 충분히 되어 있었다.

침착하게 집으로 돌아간 나는 종이상자를 베란다 구석에 놓고 125평방미터의 실내를 돌아보았다. 전적으로 청소기와 세탁기와 식기건조기와 전자레인지에 의존해 살아온 탓에, 집안 구석구석 잡동사니가 쌓여 있었다. 내가 다녔던 회사처럼 그동안 아내와 함께 살아온 집에서는 어떠한 온기도 남아 있지 않았다. 서른여덟에 인생이 끝장나다시피 한 기분이 드는 까닭이 그 온기 없음과 무질서함 때문일지도 모른다는 생각이 들었다. 그렇다면 이제부터 어떻게 해야 하나….

평상복으로 갈아입은 나는 아침마다 넥타이를 매는 것으로 치열한 삶의 행진에 동참하고 있다고 여겼던 지난날들을 돌아보았다. 생각해보면, 어이없는 착각이었다. 비비 총알이 난사되던 순간 끝장이 나버려도 괜찮다는 생각이 들었을 만큼, 서른여덟 해의 삶이라는 게 의미 없이 느껴졌다.

초등학교 일 학년 때 엄마 손에 이끌려 처음 찾았던 보습학원 생각이 났다. 별로 가르쳐주는 게 없지만 아무튼 그렇게 나를 소속시킴으로써 몇 푼의 수강료를 챙기고, 그것으로 건물의 임대료를 내고 소형 승용차의 세금을 냈겠지. 임대료를 받은 사람은 또 몇 푼의 세금을 내거나 쇼핑을 했을 테지. 세금이나 쇼핑몰의 수입이 모이고 또 떠돌아서 쥐꼬리만 한 내 월급이 되어 돌아오기까지는 훨씬 더 복잡하고 연쇄적인 작용과 반응이 필요했을 것이다. 그 무시무시한 고리의 연쇄에 매달린 채 지금껏 한 번도 자유로운 적이 없었다는 생각에 문득 목이 메었다.

소파에 앉아서 한참 동안 운 뒤에 나는 일어났다. 그리고 얼마간 얼이 나간 상태로 천천히 청소를 시작했다. 침대커버를 세탁하고 갖가지 잡지와 군것질거리와 빈컵을 치우고, 식기건조기에 가득 쌓여 있는 그릇들을 차곡차곡 수납장에 넣었다. 밀폐용기에 담긴 채로 냉장고에 들어차 있는 먹다 남은 음식들을 깡그리 음식물쓰레기통에 집어넣었고, 빨까 말까 망설이다 거실에 던져둔 아내의 옷들을 모조리 세탁기에 집어넣었다. 물걸레청소기로 바닥을 깨끗이 청소하고, 구석진 곳은 손걸레로 잘 닦았다. 손가락이 팅팅 붓고 발바닥에서 화끈화끈 열기가 느껴질 때까지.

"이게 무슨 짓이에요?"

말끔해진 집안에 들어선 아내는 놀랍다기보다는 슬픈 표정으로 나를 쳐다보았다. 당분간 집에 있을 거라는 내 말에 못 이기는 척 고개를 끄떡여주었다. 이튿날부터 아내가 출근하고 나면 나는 부지런히 집안일을 했다. 엑셀 창이 아닌 베란다 창을 열어 그것을 깨끗이 닦았으며, 베개와 발 깔개를 빨고 구석에 넣어뒀던 화병을 꺼냈다. 주인처럼 잠식해 있던 집안 곳곳 먼지들이 말끔히 쓸려 나가고, 욕실에서는 향기로운 냄새가 났다. 저녁이 다가오면 상가 슈퍼에 가서 상추와 삼겹살, 갈치와 두부 같은 것들을 사 가지고 왔다. 어설프지만 따뜻한 기운이 주방에 채워지는 동안 나름 보람도 느꼈다.

똑같은 일을 반복하는 회사일에 비하면 여러 종류의 일을 꼼꼼히 처리해야 하는 집안일이 훨씬 많은 창의력과 집중력을 요구했지만, 그 모든 일이 감미롭고 재미있었다. 아내가 출근해 있는 동안 함께 놀아줄 아이라도 하나 있다면 아무것도 부럽지 않을 만큼.

하지만 쉿, 나는 또다시 그녀를 만나 오후 시간을 함께 보내기 시작했다.

그녀를 다시 만난 것은 아파트 상가 슈퍼에서였다. 아이를 가지고 싶은 나의 애절한 노력에도 불구하고 아이는 생기지 않았고, 즐겁고 재미있기만 하던 집안일도 슬슬 짜증이 나기 시작하던 즈음 슈퍼에 갔다 오던 길이었다. 보헤미안 풍의 원피스에 따뜻해 보이는 카디건을 입고 연분홍 테니스화를 신은 그녀가 컬이 풍부한 머리카락을 흔들며 엘리베이터 앞에 서 있었다.

"뭐가 잘못됐나요, 비비?"

그녀는 그때처럼 또다시 엄지손가락으로 자기 이마를 짚었다. 내가 화들짝 놀라 우물쭈물하는 사이에 엘리베이터가 왔고, 그녀가 먼저 엘리베이터에 올라 내 쪽을 향해 엄지손가락을 구부렸다. 컬이 풍부한 그녀의 머리카락이 부드럽게 출렁거렸고, 짙은 플로랄 향기가 사방에 홀홀 흩어졌다. 내 머릿속에는 그들이 비비총을 들고 나타났던 그날 정오의 장면이 떠올랐고, 검은색 정장을 입고 검은색 선글라스를 썼던 볼륨 있는 몸매의 여자가 떠올랐고, 그 여자가 분명 그녀라는 확신이 되살아나서 몸이 뻣뻣해졌다.

"난 아무 짓도 안 해요, 비비."

그녀가 자기 이마를 손가락으로 짚으며 다시 말했다. 그때 엘리베이터가 7층에 멈췄고, 나는 서둘러 내렸다.

며칠이 지나자 그녀와 나는 집안일을 끝낸 오후, 아파트에서 조금 떨어진 공원을 함께 산책하는 사이가 됐다. 그녀와 나는 오래 사귄 친구처럼 산책을 하거나 의자에 앉아 나무들이 잎을 피우고 떨구는 과정을 지켜보았다. 그녀는 그동안 혼자 바라보았던 풍경을 바꿔놓았고, 나는 그녀가 제공하는 새로운 세상과 사물들을 바라보았다. 그녀와 함께 있으면 썩 행복하지는 않았으나, 집안일을 하면서 감춰뒀던 여러 가지 불편한 감정들의 모서리가 부드럽게 마모되는 것을 느낄 수 있었다.

　나는 일주일에 두 번 그녀를 만나 산책을 하고, 맥주를 마셨다. 그녀와 나는 아파트 상가 슈퍼에서 만났을 때보다 돈독해지지 않았으나, 이따금 그녀가 하품을 하면서 "아이 따분해. 뭔가 재밌는 일 좀 없을까, 비비" 하고 눈길을 먼 곳으로 하염없이 뻗을 때면 문득 상상해보는 것이었다. 어느 날 저녁, 내가 사는 집 현관문이 소리 없이 열리고 검은색 정장 차림의 콰르텟이 나타나 비비총을 난사하고 유유히 사라지는 장면을.

보이지 않는 지도를 읽어가는
유목민의 글쓰기

김경연(문학평론가)

1. 조명숙, 길 위에 있는

내가 아는 한, 조명숙은 유목하는 작가다. 집을 두지 않고 정박지에 머물지 않는다. 정주하지 않고 매번 다시 길 위에 있으니 그는 지칠 줄 모르고 젊다. 젊은 그가 쓰는 소설은 여전히 녹록히 읽히지 않으며 세상을 도발하고 읽는 자들의 정신을 충격한다. 하여 소설을 써온 시간의 더미와 무관하게 언제나 낯선 소설, 기호처럼, 해답이 아닌 난해한 질문처럼 세상을, 읽는 자들을, 그리고 작가 자신을 독하게 몰아치는 소설, 조명숙은 진력해 그런 소설을 쓰는, 드물게 애써 편치 않은 길을 가려는, 참

지독히도 바보스러운 작가다.

허니 이 바보스러운 작가의 소설에서 '조명숙적인 것'을 찾는 일이란 부질없다. '~적인 것'이 멈춤의 결정(結晶)과 같은 것이라면, 1990년 장편소설 『표』로 작품 활동을 시작해 세 권의 장편 『작은 의자』(1997), 『바보 이랑』(2008), 『농담이 사는 집』(2011)과, 두 권의 단편집 『헬로우 할로윈』(2003), 『나의 얄미운 발렌타인』(2005)을 발표하며 지난 20년간 부단히 무던하게 써 온 조명숙의 소설에선 그 결정의 흔적이 좀처럼 발견되지 않는다. "진부하고 상투적인 전통"을 위반하고 "시중에 유통되는 통상어들"(「바람의 계곡」)을 폐기하면서, 전통과 통상어의 세계를 떠나려는 욕망에 반복 추동되었던 그의 소설은 언제나 '~적인 것'에 고착되기보다 다시 '마치 ~인 것처럼' 이행해 새로운 것으로 생성되곤 했다. 조명숙에게 세상은 '~적인 것'이라는 동일성 내지 총체성으로 포착되기에는 턱없이 지리멸렬하거나 복잡하고 불가해한 무엇이며, 기대를 빗나가고 예상을 불허하는 이 불가항력의 세상을 재현하는 소설 역시 "무겁고 복잡한 이론으로 아무리 얽어도 규명될 수 없는"(「나의 얄미운 발렌타인」, 『나의 얄미운 발렌타인』), 그 어떤 틈 없이 정당하고 명쾌한 이론의 틀이라도 기어코 빠져나가고 마는 생물(生物)인 것이다.

생물인 조명숙의 문학은 살아 있으니 움직이고 이동하며, 이행하니 다른 것들과 조우하고, 관계하기를 멈추지 않으니 항상 새롭게 변태(變態)한다. 그러니 작가의 소설론으로 읽어도 좋을 만한 전작 「나의 얄미운 발렌타인」을 빌려 고백한 바 있듯이, 조명숙은 생명 없이 박제된 '홍식이'를 잊어버린 뒤에야 비로소 소설가가 될 수 있었으며, 단 '하나'의 홍식이를 배반한 후에야 숱한 홍식이 '들'을 품을 수 있는 넉넉한 몸의 소설, 결코 투명해지지 않는 생의 진리와 바투 한판 붙는 도전으로 충만한 소설을 쓸 수 있었다. 단지 이것만이 '조명숙스러운' 것이며, 내가 아는 한 조명숙은 이 만만치 않은 조명숙스러움의 수행을 포기한 적이 없다. 이번 소설집 『댄싱 맘』 역시 이 조명숙스러움 가운데 있으며, 늘 그래왔듯이 예의 별스러운 시도를 하고 있다. 소설로 그림을 독해하는 것이다.

작가는 영민하게도 그림과 소설이 삶의 전체상을 담아내는 미메시스적 단면이라는 점에서 양자의 번역 가능성을 포착하지만, 그러나 두 장르 사이에 존재하는 엄연한 차이, 곧 번역 불가능성을 직시하며, 때문에 현명하게도 그 차이를 쓰는 것, 벤야민의 언급을 빌려 표현하자면(발터 벤야민, 「번역자의 과제」, 『발터 벤야민 선집 6』, 2008) 말없는 원작/그림의 언어를 소설가/번역자의 언어를 통해 해방시키는 것이 진정한 소설가/번역자의 과제임을 간파한다. 그러므로 조명숙은 그림과 소설, 화가와 소설가의 거리가 만들어내는 균열 혹은 부자유를 흔쾌히 즐기며, 이렇듯 유쾌한 향유를 통해서 그림은 조명숙의 소설을 통해 '사후의 삶'(벤야민)을 얻고, 조명숙의 소설 역시 익숙한 제언어의 장벽을, 낯익은 소설적 관습을 다시 한 번 무너뜨린다. 이 능동적인 와해를 통해서 쓰이지 않은 것, 비밀스러운 것, 시적인 것을 읽어내는 시인–번역자의 시작(詩作)과 같은 소설이, 혹은 바람의 기운, 모래밭과 돌들처럼 한없이 사소한 것들에 새겨진 보이지 않는 지도를 읽어가는 새로운 유목민의 소설이 시작되는 것이다.

2. 어둠을 식별하는 동시대성의 감각

조명숙은 어둠을 식별하는 데 유독 민감한 작가다. 목울대를 치밀고 올라오는 욕설을 삼킬 수 없을 만큼 징하다 말하면서도, 그의 시선은 언제나 '검은 인간들', 집과 직장과 국가, 가족과 동료로부터 떨어져나온 '탈구된 인간들'의 벌거벗은 삶을 응시하며, 잊히고 찢겨나간 이들의 잔해 같은 서사를 복원하는 데 진력해왔다.* 가끔씩 나는 조명숙이 이 벌거벗은 생명들의 삶에 그토록 강하게 붙들리지 않았다면, 그의 말마따나 그저 대충 소설가 흉내나 내며 살았더라면, 지금보단 훨씬 행복하지 않았을까 하는 부질없는 상상을 해보곤 한다. 검은 인간들을 품는다는 것은 그들의 어둠에 연루되는 것이며, 탈구된 인간들의 훼손을 기록한다는 것은 그들의 고통을 더불어 앓는 것이 아닌가. 달리 말해 그것은 이들의 어둠을 함께 사는 것, 이들의 절망을 감당하고, 이들의 불행에 동참하는 일일 텐데, 행복과 멀찌감치 거리를 둔 이 작가는 기어코 그 어둠, 절망, 불행의 자리에 매번 자신의 마지막 돌을 놓는 악수를 두고야 만다.

사랑이 언제나 그러하듯, 이 비천한 발렌타인들에 대한 지독한 애착은 윤리적인 소설가가 되려는 거창한 의지의 발동이라기보다 조명숙에겐 차라리 불가항력처럼 보인다. 전작 「얼굴들의 문서」나 「나의 얄미운 발렌타인」에 언뜻 내비친 그의 고백을 읽어보면, 작가는 더러운 얼굴, 남루한 행색을 한 자(「얼굴들

---

* 2005년 발표한 두 번째 소설집 『나의 얄미운 발렌타인』에 실린 다음과 같은 작가후기 부분은 조명숙의 문제의식을 읽어낼 수 있는 매우 인상적인 대목이다. "몇 개의 뼈와, 몇 점의 근육, 몇 종류의 장기(臟器)와 부속물이 유기적으로 결합되어 살아 있음을 강조하지만, 어느 순간에 가차 없이 그 결합은 훼손된다. 그들에게도 집과 직장과 국가가, 가족과 친구와 동료가 뼈와 근육, 장기와 부속물처럼 결합되어 있던 시절이 있었을 것이다. 결합된 것들이 유리된 지금, 그들은 한결같이 검었다. 햇볕 때문이 아니라 유리된 그들을 바라보는 더러운 시선 때문에 그들은 매우 검어져 있었다. 거기 내 시선도 있었으리라."(「비껴가거나 그렇지 않거나」(작가후기), 『나의 얄미운 발렌타인』, 2005)

의 문서」)들의 시선을 피하지도, 지긋지긋한 "홍식이"(「나의 얄미운 발렌타인」)들을 제 속에서 내치는 일에도 예외 없이 실패하고 마는 것이다. 안 하는 것이 아니라 못 하는 것이니, 그래서 조명숙의 소설은 매번 다른 얼굴을 하고 나타나, 가령 "생이 얼마나 절절히 무서운가"를 아냐고 툭 하니 던지는 홍식이들의 독백 같은, 호소 같은, 선언 같은 기이한 물음들에 덜미 잡힌다.

들리지 않는 말들에 귀 기울이고, 보이지 않는 것들에 눈을 주고, 재현 불가능한 것을 재현하려 하니 조명숙의 소설은 어쩌면 일종의 판타지인지도 모르겠다. 그러나 이 판타지는 결코 현실을 비켜가기 위한 것이 아니라 오히려 현실을 겨냥한 것이며 현실을 제대로 지각하기 위한 방편이다. "사랑이 없는 곳에 사랑을, 신념이 없는 곳에 신념을" 덧입히고 "의미가 없는 곳에 의미를 불어넣는"(「나의 얄미운 발렌타인」) 그럴듯한 환상의 서사를 횡단한 이후에야 도달가능한 판타지. 때문에 이러한 판타지로 충만한 조명숙의 소설은 전혀 달콤하지도 황홀하지도 않으며, 언제나 현실의 퀴퀴하고 역한 냄새로 가득 차 있다. 현실을 탈취하지 않고 악취의 현실을 온전히 감각한다는 것, 빛에 눈멀지 않고 그 안의 그림자를, 내밀한 어둠을 발견한다는 것은 아감벤의 말처럼 '동시대성'의 사유를 내장하는 것이다. 동시대성이란 자신의 시대에 순응하지 않고 불화하는 반시대적인 특성이며, 동시대인이란 이 시간의 불일치로 하여 오히려 다른 이들보다 더 자기 시대의 본질을 꿰뚫는다.(조르조 아감벤, 「동시대인이란 무엇인가」, 『장치란 무엇인가』, 2010) 판타지 이후의 판타지, 빛을 자른 어둠에 감염되는 조명숙 소설의 불가항력이란 바로 이 동시대성을 향한 열망의 다른 표현인 것이 아닐까. 조명숙의 이번 소설집 『댄싱 맘』은 이러한 동시대성에 귀납되며, 특히 「댄싱 맘」과 「거꾸로 가는 버스」는 이를 상징적으로 보여주는 소설이다.

표제작이기도 한 「댄싱 맘」은 기억을 잃어가는 한 노인의 실종과 죽음에 관한 이야기이다. 대한민국의 보편적인 할머니 세대이며, 네 명의 자식을 두었고, 한때 소설을 써볼 생각으로 열렬한 한글애호가가 되기도 했던 노인은 지나가는 말 한마디도 그냥 넘어가지 못하는 성격 탓에 자식들과도 소원해져 외롭게 늙어간다. 마치 "언제 풀릴지 모르는 말의 꾸리를 가슴에 품고" 사는 것처럼 지칠 줄 모르고 말을 뱉어내던 그녀는 그러나 남편이 죽은 후 돌연 한지공예를 시작하면서 말수가 줄어들고, 집 주변으로 고층아파트가 들어서던 무렵부터는 급격히 기억을 잃어간다.

노인을 서사의 중심에 배치하고 있으나 「댄싱 맘」은 사실 노년의 삶에 초점을 둔 소설은 아니다. 이와는 달리 이 소설은 개발과 성장의 신화에 여전히 들린 '문명 독재'의 현실을 응시하며, 마천루처럼 과잉 성장하고 이상 성장하는 문명의 시간과 어긋나고 대치하려는 의지를 내보이고 있다. 주목할 것은 「댄싱 맘」이 문명의 독재를 형상화하는 방식인데, 소설에서 이는 어둠을 부정하는 빛의 독재로, 빛과 어둠을 분배하는 권력의 독점으로 특이하게 재현되고 있다.

노인의 집은 강 건너편에 육십 층 고층아파트들이 화려하게 들어서면서 재개발의 딱지가 붙어 사라져야 할 낡고 쓸모없는 것으로 지정되며, 마천루들에 빛을 빼앗기면서 대낮에도 빛이 사라진, 생명이 온전히 생장할 수 없는 죽음의 거처로 퇴락해간다. 빛을 점령한 문명은 이처럼 어둠을 만들어내는 동시에 또한 어둠을 부정하는데, 노인은 밤에도 꺼지지 않은 마천루의 불빛 때문에 제대로 잠들 수 없는 것이다. 빛과 어둠을 제 수중에 두고 점유하는 이러한 문명의 폭력으로 인해 제 몫의 빛을 누리지 못하고 제 어둠을 살지 못하는 노인은 결국 기억을 상실해가며 생명의 기운 역시 소진해간다. 「댄싱 맘」은 노인의 생명을 약탈하는 이 "불기둥"의 문명을 "아프지도 않고 썩어 문드러지지도 않는" "임플란트"처럼 시간을 살지 않고 시간을 능멸하는 비생명적인 것 혹은 반생명적인 것으로 부각한다. 무릇 생명적인 것이란 "세월이 지남에 따라 빛이 엷어지는 한지처럼 사위는 것",

곧 시간을 거스르지 않고 시간의 흐름을 타는 것이기 때문이다. 소설은 마천루와 노인, 문명과 자연의 이 대비적인 시간 구도를 통해서 현란하게 성장하는 문명의 반생명성을, 노인의 몰락과 죽음에 담긴 생명성의 의미를 되짚어낸다.

생명을 거스르는 문명의 독주와 대결하려는 「댄싱 맘」의 의미가 가장 강렬하게 함축되어 있는 것은 노인이 뒤주 속으로 들어가 죽음에 이르는 마지막 장면일 것이다. 문명의 빛을 등지고 낡고 오래된 어둠을 찾아 들어가는 노인의 행위는 비정한 문명의 시간과 시차(時差)를 내려는 의지이며, 작가는 이 시대착오적인 노인을 통해 스펙터클한 빛의 시대가 만들어내는 은폐된 암흑을 읽어냄으로써 시대와 배치되는 반시대적인, 그러므로 동시대적인 서사를 구축한다. 노인의 죽음에서 비극적이기보다는 차라리 어떠한 숭고함이 느껴지며, 죽은 노인이 마치 빛의 구속으로부터 해방되려는 '새'로 형상화되는 것은 이런 이유가 아닐까.

심상찮은 냄새가 계속해서 나기는 했지만 오랫동안 청소도 않고 비워둔 집이어서 그러려니 여겼던 그녀의 자식들 중 첫 번째 자식이 붉은색 바탕지와 다갈색 띠지로 맵시 있게 마무리해서 봉황문양을 붙인 뒤주를 무심코 열어보았다. 그리고 그 속에서 석 달 동안 꽤 썩은 그녀가 웅크리고 앉아 있는 것을 발견했다.

"그런데 말야, 참 이상했어."

그녀의 뼈를 강물에 뿌리고 돌아오는 장의차 안에서 그녀의 첫 번째 자식이 나란히 앉은 순규에게 말했다.

"뒤주 속에 엄마가 앉아 있는데, 하나도 무섭지 않았어. 팔꿈치를 겨드랑이에 착 붙이고 상체를 구부려 입으로 뭘 집으려는 자세였는데, 그게 꼭 새 같았다니까."

그녀의 첫 번째 자식은 그녀의 자세를 잘 보여줘야 되겠다는 듯이 두 팔꿈치를 겨드랑이에 착 붙이고 상체를 구부린 다음 입을 쑥 내밀었다.

그 자세가 어느 날 꿈에 보았던 그 날개 접은 새 같았다고, 순규는 콧물이 멈추지 않는 그녀의 세 번째 자식을 돌아보면서 생각했다.

—「댄싱 맘」

「거꾸로 가는 버스」 역시 시대와 불연속하는 '다른 시간'을 덧대고 가필한다. 스무 살 무렵 만났던 친구들은 십여 년이 지나 친구 에이의 갑작스러운 부고를 받고 재회하게 된다. 삶에 지친 서른셋의 나이로 만난 이들에게 에이의 부고는 망각했던/

238

하고자 했던 에이에 관한, 혹은 일찌감치 탕진한 그들의 젊음에 관한 기억을 느닷없이 소환한다. 전작 「거기 없는 당신」에서 여실히 보여준 바 있듯이 조명숙의 소설에서 기억이란 과거를 느긋하게 향수하는 것이 아니며, 과거를 현재화함으로써 현재를 집요하게 심문하고 지금, 이곳의 변화를 유도하는 계기가 된다. 「거꾸로 가는 버스」에서 에이 역시 나, 삼미, 분투, 을지, 비글, 유의 "마음속에 철심처럼 단단히 박혀 있던" 과거이며, 그들의 일상을 뒤흔들어놓는 기억이다.

그렇다면 망각을 찢고 등장한 에이란 과연 어떤 존재인가. 나, 삼미, 분투, 을지, 비글, 유에게 에이란 모든 "영감"의 원천이었으며, 상투적인 감각과 사고로부터 근본적으로 일탈해 "다른 감각"을 사유하는 자, 현재에 고착되지 않고 미래를 투시하려는 "예언자"이며, "모든 중심과 권위를 떨치고 날아오르겠다던 불꽃" 같은 아름다움을 지닌 자였다. 이런 에이는 바로 그들이 또한 우리가 잃어버린 청신했던 과거이며 청춘의 알레고리이기도 할 것이다. 에이가 사고로 일그러진 몸의 "고물"이 되어가고 그의 신부들이 이런 에이를 이용해 안락한 생을 영위했듯이, 나, 삼미, 분투, 을지, 비글, 유는 청춘의 기억을 망각하거나 이를 탕진함으로써 나날의 일상을 보존한다. 에이의 죽음은 스러져가던 이들의 청춘이 이제 완전히 끝났음을 고하는 것이지만, 그러나 이 부고를 통해서 나, 삼미, 분투, 을지, 비글, 유는 에이로 표상된 그들의 청춘, 그들이 잃어버린 소중한 것과 비로소 대면하게 되니 이는 분명 지나칠 수 없는 '사건'이다. 상실에 대한 지각으로부터 회복에 대한 열망 또한 움트기 때문이다.

　나, 삼미, 분투, 을지, 비글, 유 혹은 우리들이 회복해야 할 청춘의 본질이란 과연 무엇인가. 조명숙에게 이는 아무도 주목하지 않고 누구도 떠올리지 않는 자들의 고통을 기억하는 것인지도 모르겠다. 거창한 역사가 되지 못하고 그 주변에 산산이 부서지고 흩어진 조각난 서사를 모으고 결합하는 것, 하여 이 "비역사적인 것들에 대한 기록이 언젠가는 역사적인 내용이 되기를 꿈꾸는 것", 그것이 바로 작가 조명숙이 말하는 중심에 주눅들지 않고 중심을 허무는 청춘의 감각, 청춘의 사유인 것이 아닐까. 그러므로 마치 숭엄한 의식처럼 눈물을 흘리며 큰 소리로 자신의 고통을 낱낱이 설명하는 다음과 같은 에이의 처절하고 강렬한 몸짓은 이를 웅변하는 상징적 행위처럼 보인다.

　내가 엿보았을 때, 에이는 이불을 깐 방에서 사지를 매듭처럼 엮은 채 나뒹굴고 있었다. 두 다리를 쓰지 못하는 터라 팔로 다리를 들어 올리고 있었는데 그 모습이 너무나 기괴했다. 뿐만 아니라 에이는 그런 희한한 상태에서도 눈물을 줄줄 흘리며 큰소리로 외치고 있었는데, 그 외침은 자신의 고통을 낱 낱이 설명하는 것이었다.

그때 내가 들은 에이의 외침은 대충 이렇다: "누가 내장을 주물럭거리는 것 같다. 빨래라도 하는 거라면 좀 깨끗이 구석 구석 주물러보지 그래! (…) 흠 다음 차례는 말벌이군. 차례차 례 꼭 한 번씩 찌르기. 두 번도 아니고 꼭 한 번. 첫 번째 말벌 이 찌르고 간 다음에 두 번째 말벌, 삼초 간격이군, 감각에 있 어서의 삼 초란 교회의 첨탑처럼 높은 지점이지. 삼 초가 끝나 는 순간에 정확하게 다시 시작되는 삼 초, 이건 승화 혹은 기 화라고 해야겠군. 육체는 물화되거나 액화되기만 할 뿐이라는 걸 알면서 내게 승화를 요구하다니, 고통이여, 넌 누구냐!"

— 「거꾸로 가는 버스」

잊히고 허물어지는 자의 고통을 통렬하게 발화하는 에이에 조명숙이 더불어 투사한 것은 시대의 암흑에 깊이 펜을 담그고 창궐하는 빛을 성찰하는 동시대인 작가의 모습이기도 할 것이 다. 남루한 자들의 고통을 외면해 행복하기보다 그들의 절망에 찬 호소에 응답하는 불행한 소설가가 되는 것, 고통을 기록하는 에이의 모습 속에는 바로 이 불행을 수락한 동시대인 작가의 모 습이 투영되어 있는 것이다. 그것은 또한 100%가 아닌 언제나

"99%" "98%"의 결여의 인간들을 천착하며 그들의 어둠에 깊이
감정이입되는 조명숙의, 혹은 불행한 유목민 작가의 모습이기
도 하다.

3. 훼손된 몸, 폭력을 독해하는 기호

"폭력 앞에서 몸은 무기력하게 허물어진다"고 언젠가 작가후
기에서 조명숙은 말한 적이 있다. 그에게 폭력이란 관념의 문제
가 아니다. 폭력은 정신보다 앞서 몸을 점령하고 몸을 파괴하고
몸에 흔적을 남기니 적나라한 몸의 현실이다. 이러한 폭력의 하
중에 가장 취약한 이들은 검은/결여의 인간들이며, 그들의 몸은
대개 무방비로 폭력에 노출되고 유린된다. 그러므로 검은/결여
의 인간들의 훼손되고 비정상적인 몸은 그들에 얹힌 고통의 맥
락을 읽어낼 수 있는 기호이며, 폭력의 증거가 되는 일종의 서
사일 것이다. 이번 소설집에 실린 「어깨의 발견」, 「나쁜 취미」,
「까마득」은 폭력을 읽어내는 기호/서사로서의 몸을 보다 초점
화하고, 일그러진 몸의 인간들을 통해서 다기한 폭력의 문제를
성찰한다.
　고등학교를 졸업했지만 대학에 가지 못하고 알바와 비정규적

으로 겨우 생존하는, 아이도 어른도 아닌 스무 살 문턱의 인간들에 주목한 소설이 「어깨의 발견」이다. 현실에서도 소설에서도 지워지기 쉬운 이 변경의 인간들은 소속이 없고, 적극적으로 뒷받침하거나 지지해줄 사람이 없고, 탐탁한 미래가 없는 '부재'의 공동성으로 묶인다. "희망을 가슴 깊이 숨기"는 법을 일찌감치 배우고, "낮은 층은 죽음, 높은 층은 삶이라는 세상 원리를 터득"한 이들이 경험하는 부재란 또한 이들이 앓는 상처의 공통적 근원이기도 할 것이다. 그러므로 부재의 공동성이란 상처의 공동성이며, 이 부재로 인한 상처는 어김없이 이 언저리 인간들의 몸에 흔적을 남긴다. 열심히 말하거나 숨을 몰아쉬거나 반복행동을 하거나 기침을 터뜨리는 나, 케리, 지수, 효주의 증상은 몸에 선연히 각인된 상처의 자국이며, 이 각별한 표식을 통해 이들은 서로를 알아보고 짝이 되며 무리를 짓는 것이다.

그러나 「어깨의 발견」이 흥미로운 것은 단지 이 앓는 자들의 고통을 발화하는 데 머물지 않는다는 데 있다. 소설은 상처 '입은' 자들을 다시 상처 '입히는' 자들로 위치를 바꾸어냄으로써 손쉬운 연민과 동정의 서사가 아닌 폭력의 진상을 포착하고 성찰하는 서사로 도약한다. 폭력은 마치 먹이사슬처럼 강한 자가 약한 자를 약한 자는 다시 더욱 약한 자를 노리고 포획하며, 때문에 이 비정하고 난폭한 구도 안에서 포식자와 피식자의 위치는 고정되지 않는다. 영주가 발견되는 순간 케리, 지수, 효주, 나는 포식자의 위치로 자리 이동하며, 그들보다 몇 겹의 결핍을 떠안은 영주를 "먹이" 삼아 "불유쾌한 세상"에 대한 분노와 적개심을 배설한다. 그들보다 비천한 부모, 그들보다 갑절은 남루한 몸을 지녔으며, 그들보다 "다른 사람의 말을 너무 깊이 신뢰하는" 영주는 먹고 먹히는 생존의 난장에서 살아남기엔 너무 모자라거나 너무 넘치는 것이다. 때문에 이 과소이며 과잉인 인간은 마치 몸으로부터 빠져나온 어깨처럼 세상의 결합으로부터 유리되며, 온전한 인간이 아닌 단지 한 개의 어깨에 불과한 존재, 곧 비(非)인간으로 내쳐진다. 탈구된 영주의 어깨는 세상으로부터 탈락한 이 비인간의 표지이며, 동시에 그를 먹어치워 생존하는 케리, 지수, 효주, 나 혹은 우리들의 더 없이 비인간적인 표식이기도 하다. 아이러니하게도 우리가 영주를 먹는 순간 우리 역시 영주에게 먹히는 것이며, 영주는 "죄의식" "죄책감"의 형태로 영원히 우리의 일부가 되는 것이다. 실종된 영주는 결국 우리 속에 숨어든 것이니, 그렇다면 나, 케리, 지수, 효주 들의 "영주 찾기"란 세상의 폭력과 한통속이 된 괴물스러운 우리를 대면하는 일이며, 망각했던 우리의 죄의식을 회복하는 일일 것이다. 죄의식, 곧 부끄러움을 감각한다는 것은 생존의 본능 너머에 있는 인간이 되는 일이므로,

「어깨의 발견」이 절망이 아닌 희망의 서사로 읽히는 이유는 이런 까닭인지도 모르겠다. 비록 여럿하다 할지라도 조명숙의 소설에서 절망은 언제나 이와 같은 희망의 기미를 품고 있으며, 절망이 때로 죽음에 이를 만큼 치명적이라 할지라도 그것은 언제나 삶을 향한 열망을 내장한다. 「나쁜 취미」는 이러한 역설을 잘 보여주는 소설이다.

스물여섯 두 여자의 죽음 결행기라 할 수 있는 「나쁜 취미」에서도 세상의 병리를 읽어내는 기호로 인물들의 몸은 중요하게 부각된다. 거식과 폭식을 반복하며 백 킬로그램을 통과한 나의 몸과 "바싹 말라서 버드나무처럼 하늘거리는" 제이의 몸은 이들이 살아온 삶만큼이나 전혀 다른 형상을 하고 있으나, 이 이질적인 몸들은 동일하게 세상의 폭력을 체현하고 있다. 오로지 몸을 다듬고 가꾸는 일에 전력투구하는 그녀/어머니에 이끌려 내가 성형외과에 들락거린 횟수만큼 제이는 시간제 일자리를 찾아 거리를 방황하고, "내가 다이어트와 성형수술 후유증으로 현기증에 시달리는" 동안 제이는 하루를 살기 위해 "골목과 골목을 헤집"고 다녀야 했으나, 이들의 다른 삶에는 세상의 뒤틀린 욕망이, 비정한 세상의 속도가 닮은꼴처럼 관통하고 있는 것이다.

나날이 비대해지는 욕망, 제어가 불가능한 이 세상의 속도는 나와 제이의 몸을 덮쳐 급기야 이들의 몸을 "예측할 수 없는 방향으로 내닫는 다리, 예측할 수 없는 순간에 내뻗는 팔, 응시가 불가능한 눈동자, 필요할 때 소리를 내지 못하는 기관들을 가"진 참람한 불구의 형상으로 변모시키지만, 그러나 이들의 훼손된 몸은 세상의 불구성을 또한 적나라하게 증언하는 것이다. 나와 제이의 자살이 죽음을 담보로 이를 공포하려는 선언처럼 읽히며, 그들의 생을 일방적으로 뒤흔들던 "세상을 크게 한 번 흔들어놓"으려는 결기 어린 퍼포먼스처럼 독해되는 이유는 이 때문이다. 과속으로 지나가는 레미콘과 포크레인 속으로 제이와 내가 뛰어드는 순간 세상의 과잉속도는 멈추며, 찢기고 짓이겨진 이들의 몸은 그 속도/욕망의 잔혹성을 폭로한다. 그러므로 삶과 죽음의 포지션이 바뀌고 세상의 질서가 동요하는 이 정지의 한 순간이야말로 우리가 폭력을 성찰하는 예외적인 시간이며, 세상이 "수정했던 몸이 아니라 원래 내 것이었던 몸"을 회복하는 시간, 죽음을 절단하고 새로운 삶을 상상할 수 있는 시간인지도 모른다. 때문에 나와 제이의 죽음에선 생을 방기하는 절망이 아니라 차라리 다른 삶을 향한 소망이 감지되는 것이다.

외국인 결혼 이주 여성의 삶을 조명한 소설 「까마득」에서도 삶을 향한 이 맹렬한 기운을 가늠할 수 있다. "흐엉"이라는 제 이름 대신 "헝"이나 "향이"로 불려야 하는 이주 여성의 몸은 노

동하는 몸, 성을 상납하는 몸, 잉태하는 몸으로 신산한 삶에 겹
겹이 점령당하지만, 조명숙의 소설은 이 엄혹한 삶의 무게를 감
당하는 피폐한 몸의 여자들을 섣부른 감상으로 연민하지 않는
다. 그 시혜적인 욕망을 거두고 그는 차라리 이 침묵하는 자들
의 복화술을, 또는 낯선 언어로 말하는 자들의 발화를 번역하고
받아쓰며, 종국에는 그들의 언어를 되돌려 주고자 한다. 때문에
「까마득」에서 유리가 흐엉에게 반듯한 표준말을 알려주거나,
흐엉과 유리가 "끈기를 가지고 서로의 말을 가르치고 배"우는
장면은 의미심장하다. "의지할 데 없고 앞날이 막막한", 자신의
미래를 "곁에 있는 남자"에 내맡겨야 하는 흐엉과 유리의 삶은
영락없이 닮아 있으며, 하여 서로를 되비추는 이 동류의 생들은
처음 만나는 순간부터 서로를 알아보고 의지한다. 제 이름으로
불리지 못하는 오명(誤名)의 인간들, 이 외롭고 막막한 생들에
게 다른 삶의 가능성을 열어주는 것은 어쩌면 거창한 윤리적 구
원이 아니라 이 비천한 자들의 교감 어린 조우인지도 모른다.
"까마득 절벽 아래로 떠밀"릴 것 같은 세상에서 버틸 수 있는
힘은 바로 서로의 이름을 온전히 불러주는 이 가난한 조우로부
터 발원하는 것이다.

4. 도래할 빛, 그리고 다시 길 위의 유목민

어둠을 식별하는 조명숙의 감각은 빛으로부터 등을 돌리는 것이 아니라, 매 순간 우리를 향하고 있는 빛을 지각한다. 절망이 희망을 품고 죽음이 삶을 향하고 있듯이 조명숙의 소설에서 어둠에 대한 응시는 빛을 투시하려는 의지로 충만해 있다. 그러나 작가가 포착하고자 하는 빛은 어둠을 배제하고 멸하는 빛이 아니라 오히려 그 독재적인 빛을 절단하고 어둠을 껴안는 것, 오래된 빛이 사라지는 곳에서만 현전하는 빛이며, 이미 도착한 것이 아니라 도래할 빛이다. 조명숙에게 이 신생의 빛이란 아마도 여기 있는 삶이 아닌 삶, 익숙한 문학이 아닌 문학의 생성인지도 모른다. 그렇다면 이 낯선 빛의 지각, 곧 다른 삶과 문학의 구성을 위해서 반드시 통과해야 할 것은 무엇인가. 그것은 무엇보다 무감각해진 우리의 의식을 깨우는 것, 일상에 함몰된 감각을 해방시키고 닳고 무뎌진 감각을 다시 섬세하게 벼리는 일일 것이다. 「바람꽃」과 「비비」를 통해서 조명숙은 이러한 감각의 재구성을, 혹은 새로운 감각의 출현을 타진하고 있다.

「바람꽃」과 「비비」는 모두 필연으로 얽힌 일상에 느닷없이 개입한 우연에 관한 서사다. 예기치 않은 우연은 인물들의 삶에 침투해 그들의 무감각해진 생을 근간에서부터 심문한다. 「바람꽃」에서 나의 삶을 송두리째 흔들어놓는 계기 역시 상희라는 여자와의 뜻하지 않은 만남이다. 몸도 정신도 온전치 못한 아버지를 구해주고 아버지와 함께 호루라기를 불어준 희한한 인연으로 만난 상희는 내가 준수해온 삶의 원칙들을 깨뜨리며, 경험으로 축적해온 삶의 의미들을 재정의하도록 종용한다. 예컨대 아버지의 호루라기 소리가 그러하다. 군인에서 고등학교 교련 선생으로 다시 실업자로 전전해가며 남루한 퇴역군인의 생을 살았던 아버지의 호루라기 소리는 내게 "금기"의 의미이거나 추락하는 생을 쓸쓸히 알리는 신호, 또는 내가 잊고 싶은 아버지의 존재증명이었으나, 상희는 이 오래된 호루라기 소리의 의미를 바꿔놓는다. "내 동작과 내 생각을 유보시키거나 중단시키는 신경증적인" 아버지의 호루라기 소리와 달리 상희의 그것은 "경쾌하고 발랄하며 또한 부드럽게 마음을 쓰다듬는 듯한 울림"으로 "야릇한 여운을 남기며 내 머릿속에 새겨"지는 것이다. 전혀 새로운 의미를 담지한 상희의 호루라기 소리에 홀리고 들린 나는 익숙한 생을 포기하고 상희와의 낯선 삶을 꿈꿔보지만, 그러나 이는 아버지의 죽음과 함께 상희가 사라지면서 끝내 실현되지 못한 꿈으로 남는다.

「바람꽃」이 우연의 틈입으로 필연의 세계가 요동치고 그 균열을 틈타 다른 삶을 꾸릴 수 있는 기미를 엿본 소설이라면, 「비비」는 단지 그 징후를 서사화하는 데 그치지 않고 필연과 일상의 세계를 해체하고 우연의 세계가 새롭게 구성될 수 있는 가능성을 본격적으로 실험한 작품이다. 「바람꽃」의 상희는 「비비」에서의 그녀로 다시 나타나며 호루라기 대신 이젠 말끝마다 '비비' 라고 외치고, 가령 "잘못된 건 아무것도 없"지만 "모든 게 잘못됐다"는 아리송한 말들을 남긴 채 나타났다 사라지기를 반복한다. 비비의 의미는 마치 암호처럼 해독 불가능하거나 혹은 수다한 의미로 독해 가능한 것이지만, 분명한 것은 비비를 외치는 그녀와의 비밀스러운 만남 이후 내 삶에 지나칠 수 없는 변화가 일어난다는 사실이다. 이 변화를 추동하는 것은 마치 "괴상한 냄새를 피우는 여러 종류의 국"과 같은 생활의 세계, 혹은 "직원의 평균 재직기간이 고작 3년에 불과"한 생존의 세계에 비비(非非)를 고하고 분연히 탈주하고자 하는 욕망이다. 검은 정장 차림을 하고 비비탄을 난사하는 콰르텟의 등장은 이 야성적 욕망의 소생을 결정적으로 견인한다.

나의 생존을 담보 잡고 야성을 길들여온 회사, 그 서바이벌의 난장을 신나게 가격하는 검은 정장들의 비비탄 포화 속에서 비로소 나의 "무감각해진 의식"은 각성되며 죽어 있던 감각들은 되살아나고, 나는 "너무 일찍 막다른 곳에 도달해버린 내 삶을 던지고 싶은 충동"을 더 이상 억누를 수 없다. 때문에 그녀와의 만남, 검은 정장들의 출몰은 "내 삶을 전혀 예상치 않은 방향으로 이동"시킨다. 나는 회사를 그만두고 서른여덟 과도기를 새로운 삶을 시작하는 이행기로 기획하는 것이다. 이렇게 창안된 삶이 다시 일상이 되고 우연이 필연의 세계로 회수될 즈음, 비비를 외치는 그녀, 비비탄을 난사하는 검은 정장들은 어김없이 내 삶 속으로 출현해 다시 이행하라고, 또 다른 삶을 구성하라고 내 의식과 감각을 깨울 것이다.

　검은 정장들의 이 생경스러운 요청은 나를 향한 것이자, 우리를 향한 질문이며, 또한 작가가 스스로에게 거는 주문이 아닐까. 소설 「비비」를 통해서 조명숙은 삶도 문학도 언제나 반복되어 발견되고 발명되어야 하는 것이며, 한 번도 삶인 적이 없었던 삶으로, 한 번도 문학인 적이 없었던 문학으로 변태하고 도약하는 것임을 확인한다. 이 부단히 도래할 생, 도래할 문학을 위하여 조명숙은 다시 추구하는 자, 그러므로 이행하는 자, 그리하여 낯선 것과 접속하고 그들에 함입하여 전혀 새로운 것을 생성하는 유목민으로 여전히, 그리고 흔쾌히 길 위에 있는 것이다.

작가의 말

세 번째 창작집을 묶는다.

소설로 그림 읽기.

그림을 보러 다니기 시작하면서 얻은 감동과 감흥을 마냥 버려두고 싶지 않다는 욕심에 이끌려 시작한 일이었다.

어제 아프게 보았던 그림이 오늘은 따뜻하게 다가온다든가, 무겁게 가슴을 누르는 그림의 잔상에 붙들려 뭔가를 쓰려고 덤볐지만 아무것도 써지지 않을 때, 내가 무슨 짓을 하고 있나 절망스러웠다.

2005년부터 2010년까지, 무려 6년 동안의 모험이었다. 그동안 내 무모함이 소설이라는 외피에 그림의 주제를 훔쳐오는 괜한 짓은 아닌가 걱정이 많았다. 하지만 화가나 소설가나 근본적으로 창작자라는 원칙에 동의한다면, 매순간 항하사처럼 많은 일이 일어나는 생활세계에서 마주친 딱 하나의 장면, 그 단면을 통해 삶의 전체적 풍경을 포착한다는 점에서 그리기와 쓰기는 접점을 가진다고 믿고 용기를 냈다.

소설에 참조한 그림은 모두 여성 화가의 작품이다. 워낙 유명한 작품들이라 인터넷이나 화집을 통해 쉽게 접할 수 있을 것이다. 황홀한 존재감을 가진 작품과 화가의 명성에 기대보려는 얄팍한 계산에서가 아니라 그리기와 쓰기가 만나는 접점에서 튼튼한 뼈대를 세우기 위한 선택이었다고 이해해주었으면 싶다. 그중 몇 편이 편집과정에서 제외되었지만, 부족함을 채워 언젠가는 빛을 볼 수 있기를 기대한다.

한눈에 모든 것을 보여주고 해석과 감상을 요구하는 그림과 달리 소설은 여러 페이지를 힘들게 소요해야만 목적을 달성한다. 그래서 그림의 모티브와 이미지를 참조하거나(「거꾸로 가는 버스」, 「바람꽃」, 「댄싱 맘」, 「어깨의 발견」, 「비비」), 소설적 장치가 끝난 다음에 맞춤한 그림을 물색해 주제와 대치시키면서 쓰기도 했다(「까마득」, 「나쁜 취미」). 또 화가의 생애와 그림이 생산된 시대적 배경을 참조하면서, 소설과 그림이 아득히 멀어지지 않게 했다. 어느 쪽이든 나는 충실한 감상자의 위치에 있으려 했으므로, 그림에 나의 내면이 투영된 이 소설들은 독자성을 가질 수 있을 것이다.

하여 마지막까지 '그냥 소설'로 내놓는 게 좋지 않을까 고민해야 했다. 지면에 발표할 때는 화가의 이름과 작품명을 각주로 달았는데, 책으로 묶으려 하니 막막한 데가 있었고, 참조한 그림을 함께 수록하고 싶었지만 여러 사정으로 무산된 까닭도 있겠다. 주변의 권고에 따라 작품 머리에 에피그램을 붙이는 형식을 택하고, 한 권의 책으로 부려놓는다.

그리고 다시 새롭게 쓰기로 한다.

2012년 둥근 봄에

조명숙

댄싱 맘

초판 1쇄 펴낸날 2012년 3월 26일

지은이 조명숙
펴낸이 강수걸
펴낸곳 산지니
등록 2005년 2월 7일 제14-49호
주소 부산광역시 연제구 거제1동 1498-2 위너스빌딩 203호
전화 051-504-7070 | **팩스** 051-507-7543
sanzini@sanzinibook.com
www.sanzinibook.com

* 책값은 뒤표지에 있습니다.
* 이 도서의 국립중앙도서관 출판시도서목록(CIP)은
  e-CIP 홈페이지(http://www.nl.go.kr/cip.php)에서
  이용하실 수 있습니다.(CIP 제어번호 : CIP 2012001136)